中國語言文字研究輯刊

二十編

許學仁 主編

第 **7** 冊

《太平經》詞彙研究（下）

劉祖國 著

花木蘭文化事業有限公司

國家圖書館出版品預行編目資料

《太平經》詞彙研究（下）／劉祖國 著 -- 初版 -- 新北市：
花木蘭文化事業有限公司，2021〔民 110〕
目 2+150 面；21×29.7 公分
（中國語言文字研究輯刊 二十編；第 7 冊）
ISBN 978-986-518-338-7（精裝）
1. 太平經 2. 研究考訂
802.08   110000272

中國語言文字研究輯刊
二十編　第七冊　　　　　ISBN：978-986-518-338-7

《太平經》詞彙研究（下）

作　　者　劉祖國
主　　編　許學仁
總 編 輯　杜潔祥
副總編輯　楊嘉樂
編　　輯　許郁翎、張雅淋　美術編輯　陳逸婷
出　　版　花木蘭文化事業有限公司
發 行 人　高小娟
聯絡地址　235 新北市中和區中安街七二號十三樓
　　　　　電話：02-2923-1455／傳真：02-2923-1452
網　　址　http://www.huamulan.tw 信箱 service@huamulans.com
印　　刷　普羅文化出版廣告事業
初　　版　2021 年 3 月
全書字數　302044 字
定　　價　二十編 7 冊（精裝）　台幣 20,000 元

《太平經》詞彙研究（下）

劉祖國 著

目

次

第五章　《太平經》中的新詞新義

　　語言是社會歷史的產物，社會的發展變化必然會影響到某一時期的語言面貌。詞彙在語言的三要素中是對社會變化最為敏感的，生產的發展，新事物的出現，制度的沿襲，習俗的改變，都會在詞彙中得到反映。詞彙始終處於不斷的吐故納新過程中，數量的增加，詞義的更新，用法的演變，這都是詞彙新陳代謝的表現。詞彙的發展包括詞和詞義兩個方面。一方面，作為信息的載體，社會政治經濟文化的發展，必然會帶來不少新詞的產生；另一方面，是作為詞的核心——詞義的發展，即「一個形式向一種新意義的伸展」。

　　「東漢時期，神學經學走向衰弱，讖緯迷信泛濫成災，儒學的統治地位受到打擊；與此同時，則是具有劃時代意義的佛教的傳入和道教的興起。凡此，都給詞彙的發展帶來了巨大的影響，表現為新詞新義的大量產生。」〔註1〕東漢是漢語史上一個承上啟下的重要時期，語言發展上具有鮮明的過渡期特點，社會巨變要求語言加強交際能力，於是在此驅使下產生了很多新詞新義。「反映出詞彙演變的某些軌跡，可據以溝通六朝及唐宋口語詞彙的聯繫，加強溯源，以補正以往研究及辭書編纂之不足，就是這批語言材料在詞彙史研究方面的主要價值。」〔註2〕

〔註1〕方一新《東漢語料與詞彙史研究芻議》，《中國語文》1996 年第 2 期。
〔註2〕方一新《東漢語料與詞彙史研究芻議》，《中國語文》1996 年第 2 期。

　　新詞新義是詞彙發展的主要方面，是漢語斷代詞彙研究以及詞彙史研究的重要內容。王力曾經說過：「我們對於每一個語義，都應該研究它在何時產生，何時死亡。雖然古今書籍有限，不能十分確定某一個語義必係產生在它首次出現的書的著作時代，但至少我們也可以斷定它的出世不晚於某時期。」〔註3〕以專書為研究對象，一本一本地去考察其所包含的新詞新義，對於判定「每一個語義」「何時產生，何時死亡」是大有裨益的，也是一種比較科學的研究方法。

　　討論《太平經》中的新詞新義，首先面臨的一個問題就是新詞新義的標準問題。「所謂新詞新義，從理論上講，是一個時代新產生的詞以及舊詞所產生的新義。」〔註4〕新詞新義的判斷標準是一個頗為棘手的問題。《漢語大詞典》是迄今為止最具權威性的大型歷史性漢語語文辭典，無論在收詞、釋義、溯源、探流等方面都取得了豐碩的成果，但書成眾手，難免百密一疏。目前的研究多以基本反映漢語詞彙史研究最新成果的《漢語大詞典》為主要標準，這種作法的局限性是顯而易見的，本書將酌情取捨。在尚未出現更為可靠的參照系以前，以《漢語大詞典》為判斷新詞新義的重要標準，不失為一種較好的選擇，這類研究的逐漸增多至少有助於今後修正《漢語大詞典》，使之朝着構建漢語詞彙史整體框架的方向逐步邁進。本書在判斷新詞新義時，使用了《漢語大詞典》、《漢語大字典》、《辭源》等大型語文辭書，並結合一些關於新詞新義的文章；使用了目前所能見到的電子出版物，如：《四庫全書》、《四部叢刊》、《國學寶典》、《大正藏》等。特此說明。

　　董志翹有言：「每個時代產生的新詞、新義的特色，每種類型的文獻中記錄保留新詞、新義的多寡，都會有所不同。比如，在仿古的文言作品中，新詞、新義的比率較小，而流俗的口語性強的作品中，新詞、新義的比率較大。」〔註5〕《太平經》多對話實錄，語言直白淺顯，運用了不少具有時代特色的口語，其中大量的新詞新義，也從一個側面反映了本書口語性之強、語料價值之高。

〔註3〕王力《新訓詁學》，見《龍蟲並雕齋文集》，中華書局，1980年，358頁。
〔註4〕万久富《〈宋書〉複音詞研究》，鳳凰出版社，2006年，149頁。
〔註5〕董志翹《〈入唐求法巡禮行記〉詞彙研究》，90～91頁。

第一節 《太平經》中的新詞

【血忌】

舊俗指忌諱見血的日子，逢該日不殺牲。「故令生子，必不良之日；或當懷姙之時，雷電霹靂，弦望朔晦，血忌反支，以合陰陽。」（卷 112 / 寫書不用徒自苦誡 / p572～573）

東漢王充《論衡》中多有記載，《論衡·譏日》：「如以殺牲見血，避血忌、月殺，則生人食六畜，亦宜辟之。」又該篇：「假令血忌、月殺之日固凶，以殺牲設祭，必有患禍。」《論衡·辨祟》：「血忌不殺牲。」《論衡·四諱》：「宅家言治宅犯凶神，移徙言忌歲月，祭祀言觸血忌，喪葬言犯剛柔，皆有鬼神兇惡之禁，人不忌避，有病死之禍。」胡敕瑞認為：「有些詞如『血忌』、『飛屍』、『忌諱』、『吉良』等，則反映了東漢的禁忌風俗，具有鮮明的時代特色。」〔註6〕後世道經亦見，宋張君房《雲笈七籤》卷三十六《雜修攝·攝生月令》：「斗建卯，日在室，律中夾鍾，五將北方，月德甲，月合巳，生氣丑，天利辰，五富寅，月殺戌，月厭酉，九空丑，死氣未，歸忌寅，往亡巳，大敗甲午，血忌未。」

據香港中文大學文物舘藏漢簡《日書》第 73 號簡釋文云：「婁、虛。是胃（謂）血忌，出血若傷，死。」簡文大意是說：血忌日若意外受創傷而流血，就會導致死亡。然，將血忌日列入性禁忌之範疇，《太平經》似屬最早〔註7〕。「血忌」之說可推溯至先秦。據有關學者考證，漢代曆譜中已將「血忌」列入曆注項目。血忌日之推算是依據每月中某一紀日地支來決定的〔註8〕。

【乖迕】

抵觸；違逆。「逆之則水旱氣乖迕，流災積成變怪，不可止，名為災異。」（卷 50 / 天文記訣 / p178）

漢代其他文獻亦見。《漢書·食貨志上》：「上下相反，好惡乖迕，而欲國富法立，不可得也。」顏師古注：「迕，違也。」班固《答賓戲（并序）》：「風移俗易，乖迕而不可通者，非君子之法也。」《潛夫論·交際》：「漢書外戚傳杜欽說王鳳曰：『輕細微眇之漸，必生乖忤之患。』王商傳云：『父子乖迕。』」近代

〔註6〕胡敕瑞《〈論衡〉與東漢佛典詞語比較研究·結語》，308 頁。
〔註7〕姜守誠《〈太平經〉研究——以生命為中心的綜合考察》，268 頁。
〔註8〕姜守誠《〈太平經〉研究——以生命為中心的綜合考察》，268～269 頁。

繼續襲用，《新唐書・李烏王楊曹高劉石列傳》：「討王廷湊也，出屯深州，方朝廷號令乖迕，賊浸不制，重胤久不敢進。」宋沈遼《杭州吳山英烈王碑》：「然其出不一，頗相乖迕。」

又作「乖忤」，《太平經》中多寫作此。「如此九事不合乖忤，不能致太平也。」（卷 42 / 九天消先王災法 / p89）「迺到命盡後，復相承負其過，後生復迷復失，正道日闇，冥復失道，天氣乖忤，治安得平哉？」（卷 42 / 四行本末訣 / p95）「自古到今，不至誠動天，名為強求，或亦遂得之；強求不得，真非其有也，安可強取，其事以不和良，乖忤錯亂。」（卷 55 / 知盛衰還年壽法 / p210～211）

其他中古用例如漢王充《論衡・逢遇》：「君不欲為治，臣以忠行佐之，操志乖忤，不遇固宜。」《漢書・外戚傳》：「蓋輕細微眇之漸，必生乖忤之患，不可不慎。」《後漢書・鄭孔荀列傳》：「時年饑兵興，操表制酒禁，融頻書爭之，多侮慢之辭。既見操雄詐漸著，數不能堪，故發辭偏宕，多致乖忤。」《魏書・列傳儒林第七十二》：「人有急難，委之歸命，便能容匿。與其好合，傾身無吝。若有相乖忤，便即疵毀，乃至聲色，加以謗罵。」

亦作「乖仵」，「為天地重寶，為眾神門戶。自有固常，不可妄犯，順之者長吉，亂之者長與天地乖仵。」（卷 69 / 天讖支干相配法 / p262）《大詞典》失收此寫法，其他傳世文獻未見。

【威劫】

威逼，脅迫。「無興兵刃，賊害威劫人命。」（卷 112 / 寫書不用徒自苦誡 / p572）

《漢書・晁錯傳》：「陳勝行戍，至於大澤，為天下先倡，天下從之如流水者，秦以威劫而行之之敝也。」《後漢書・袁紹劉表列傳》：「而便放志專行，威劫省禁，卑侮王僚，敗法亂紀，坐召三臺，專制朝政，爵賞由心，刑戮在口，所愛光五宗，所怨滅三族，髃談者受顯誅，腹議者蒙隱戮，道路以目，百辟鉗口，尚書記期會，公卿充員品而已。」《隋書・志第二十九・經籍三・子》：「刻者為之，則杜哀矜，絕仁愛，欲以威劫為化，殘忍為治，乃至傷恩害親。」

【強盜】

亦作「彊盜」，以暴力奪人財物。「親言，汝父少小，父母不能拘止，輕薄

相隨，不顧於家，劫人彊盜，殊不而自休止，縣官誅殺，遊於他所，財產殫盡，不而來還故鄉，久在異郡，不審所至，死生不可得知也。」（卷 114 / 大壽誡 / p617）

其他用例如《後漢書・陳忠傳》：「夫穿窬不禁，則致彊盜；彊盜不斷，則為攻盜；攻盜成群，必生大姦。」《隋書・東夷傳・倭國》：「其俗殺人強盜及姦皆死，盜者計贓酬物，無財者沒身為奴。」

【實核】

1. 種子。「故守本而有實、好施與者為善人；本空虛無實核，常不足而反好求者為惡人，為賤人，此之謂也。」（卷 93 / 陽尊陰卑訣 / p387）「是故執陽道者有實核，守陰道者天（《合校》作無）實核，故古者聖人治常象天，不敢象地也。」（卷 93 / 陽尊陰卑訣 / p388）再如漢王充《論衡・初稟》：「草木生於實核，出土為栽蘗，稍生莖葉，成為長短巨細，皆由實核。」

2. 核實。「今者承負，而文書眾多，更文相欺，尚為浮華，賢儒俱迷，共失天心，天既生文，不可復流言也。但當實核得其實，三相通卽天氣平矣。」（卷 48 / 三合相通訣 / p155）「古者聖賢以為大怨，故古者悉自實核其學問也，合於天心，事入道德仁善而已，行要當合天地之心，不以浮華言事。」（卷 49 / 急學真法 / p159～160）「天地惡人，使帝王治亂，故異其處，使三校之，當共實核之也。」（卷 91 / 拘校三古文法 / p360）「故自古到今，賢聖之文也，幾何校，幾何傳，幾何實核，幾何共安之，尚故故有餘邪文誤辭，不可純行。」（卷 96 / 守一入室知神戒 / p419）《大詞典》舉鄒魯《中國同盟會》例，過晚。

3. 實際；實質。「二人共斷天地之統，貪小虛偽之名，反無後世，失其實核，此天下之大害也。」（卷 35 / 一男二女法 / p37）「又言者大眾，多傳相徵，不可反也，因以為常說。此本由一人失說實，迺反都使此凡人失說實核，以亂天正文，因而移風易俗，天下以為大病，而不能相禁止，其後者劇，此即承負之厄也，非後人之過明矣。」（卷 37 / 五事解承負法 / p58）「處天地間活而已者，當學真道也，浮華之文不能久活人也，諸承負之厄會，咎皆在無實核之道故也，今天斷去之也。」（卷 39 / 解師策書訣 / p67）「善哉，子之所問，已得天道實核矣，天精已出，神祇悅喜矣。」（卷 43 / 大小諫正法 / p98）《大詞典》失收此義項。

【結舌】

不敢講話。《大詞典》書證為《文選・陸機〈謝平原內史表〉》:「鉗口結舌,不敢上訴所天。」據《太平經》,可提前,如:「子詳聆吾言而深思念之,臣有忠善誠信而諫正其上也,君不聽用,反欲害之,臣駭因結舌為瘖,六方閉不通。」(卷43／大小諫正法／p100)「故民臣悉結舌杜口為暗,雖見愁冤,睹惡不敢上通。」(卷86／來善集三道文書訣／p315)

【瑞應】

古代以為帝王修德,時世清平,天就降祥瑞以應之,謂之瑞應。「『象』為本經所描述的天庭用以傳達自身意旨和願望而顯示的兆象,計分兩類:瑞應和災異。」〔註9〕《大詞典》始見例舉東晉葛洪《西京雜記》卷三:「瑞者,寶也,信也。天以寶為信,應人之德,故曰瑞應。」本經多見,「君子且興,天必子(《合校》:子疑當作予)其真文真道真德,善人與其俱共為治也。河洛尚復時或勑之,災害日少,瑞應日來,善應日多,此即其效也。」(卷47／上善臣子弟子為君父師得仙方訣／p141)「故神祇瑞應奇物不來也。故得其人能任,長於聲音者,然後能和合陰陽化也。以何知之也?為之神明來應,瑞應物來會,此其人也;不者,皆亂音,不能感動,故不來也。」(卷50／諸樂古文是非訣／p184)「是以古者將為帝王選士,皆先問視,試其能,當與天地陰陽瑞應相應和不?不能相應和者,皆為偽行。」(卷54／使能無爭訟法／p204)東漢碑刻亦見,「仍致瑞應,豐稔□□。」(析里橋郙閣頌)「靈祇瑞應,木連理生。」(漢成陽令唐扶頌)〔註10〕

【精進】

謂精明上進;銳意求進。東漢首見。「然,諸真人思精進乎?深眇哉,所問,迺求索洞通天地之圖讖文,一言迺萬世不可易也。天公疾多災愁苦之,迺使諸真人來問疑乎?」(卷69／天讖支干相配法／p261～262)大神言:「成名之人,精進有益,兼併部主非一。」天君聞之,大神戒聖人相對辭語,為有知之人,宜勿忽解。(卷110／大功益年書出歲月戒／p532)「各見其功,各進所知,無有所私,動輒承教,不失教言。而精進趣志,常有不息,得勑乃止。」

〔註9〕楊寄林《太平經今注今譯・太平經綜論》,42頁。
〔註10〕此二例轉引自劉志生《東漢碑刻複音詞研究》,華東師範大學 2005 屆博士學位論文,133頁。

（卷 114／不用書言命不全訣／p614）「中之上下，可上可下，上下進退，升降無定。為惡則促，為善則延。未能精進，不能得道。」（太平金闕帝晨後聖帝君師輔歷紀歲次平氣去來兆候賢聖功行種民定法本起／p3～4）「舉善者為種民，學者為仙官。設科立典，獎善杜惡，防遏罪根，督進福業之人，不怠而精進，得成神真，與帝合德；懈退陷惡，惡相日籍，充後酆混也。至士高士，智慧明達，了然無疑，勤加精進，存習帝訓，憶識大神君之輔相，皆無敢忘。」（太平金闕帝晨後聖帝君師輔歷紀歲次平氣去來兆候賢聖功行種民定法本起／p5）

再如《漢書‧敘傳上》：「廼召屬縣長吏，選精進掾史，分部收捕。」顏師古注：「精明而進趨也。」後來佛家用來意譯梵語 vīrya，是「六波羅蜜」之一，謂堅持修善法，斷惡法，毫不懈怠。如《水經注‧河水一》：「有優婆塞，姓釋，可二十餘家，是昔淨王之苗裔，故為四姓，住在故城中，為優婆塞，故尚精進，猶有古風。」

【切怛】

深切悲傷。「故復思念，不失我心，切怛恐怖，不敢自安。」（卷 110／大功益年書出歲月戒／p529）其他東漢用例如趙曄《吳越春秋‧王僚使公子光傳》：「父繫三年，中心切怛，食不甘味，嘗苦饑渴，晝夜感思，憂父不活。」蔡邕《陳留太守胡公碑》：「逢天之戚，不獲延祚，痛心絕望，切怛永慕。」《全後漢文‧司徒袁公夫人馬氏碑》：「兄弟何依？姊妹何親，號兆切怛。曾不我聞，籲嗟上天。」

【諦思】

仔細思考。《大詞典》書證為《三國志‧魏志‧杜畿傳》：「民嘗辭訟，有相告者，畿親見，為陳大義，遣令歸，諦思之，若意有所不盡，更來詣府。」嫌晚。該詞東漢首見。「余少所戒，宜詳慎所言，出辭當諦思之，令可行。」〔註11〕（卷 110／大功益年書出歲月戒／p537）

其他用例如漢魏伯陽《周易參同契‧鼎器妙用章第三十三》：「樂道者，尋其根。審五行，定銖分。諦思之，不須論。」《魏書‧列傳第七下‧景穆十二王》：「臣亦諦思：若入三月已後，天晴地燥，憑陵是常。如其連雨仍接，不得

〔註11〕標點據《正讀》。

進攻者，臣已更高邵陽之橋，防其泛突。」唐釋道世《法苑珠林》卷第八十六：「諦思此囚緣，誰非己眷屬。」宋釋普濟《五燈會元・二祖慧可大祖禪師》：「吾校年代，正在於汝。汝當諦思前言，勿罹世難。」

【何一】

為本經特有詞語，傳世文獻多作「一何」，蓋有二義：

1. 為何。「天師既過覺愚不及之生，使得開通，知善惡難之，何一卒致也。」（卷 40／樂生得天心法／p82）「子問事，恆常何一究詳也？」（卷 45／起土出書訣／p122）「天師陳此法教文，何一眾多也？」（卷 47／上善臣子弟子為君父師得仙方訣／p142）「其何一多也？願天師分解其訣意。」（卷 66／三五優劣訣／p236）

2. 又作「何壹」，多麼。「真人已愁矣昏矣，子其故為愚，何壹劇也。」（卷 36／三急吉凶法／p47）「子今且言，何一絕快殊異；可問者，何一好善無雙也。」（卷 54／使能無爭訟法／p202）「善哉！子何一日益閑習也。」（卷 70／學者得失訣／p276）「天積悒悒，帝王使子難問耶？其投辭何一工也。」（卷 88／作來善宅法／p334）「子其愚，何一劇痛也。」（卷 92／洞極上平氣無蟲重複字訣／p379）「噫！子難問何一深妙遠劇也！」（卷 93／方藥厭固相治訣／p384）「言天酷，何一冤也！」（卷 96／忍辱象天地至誠與神相應大戒／p428）

【乞匄】

同「乞丐」，求乞。「家無食者，乞匄為事，逐逋亡之氣，自不可久，地下亦欲得善鬼不用惡也。」（卷 114／不孝不可久生誡／p599）「今下愚為道，反為欺慢癡狂，乃共惑亂天之道，毀敗天之化首。反行乞匄求人之物，無益於民間，淹汙辱天道，內利百姓，不可以為師法。反使後生者相教，每為道道，令人癡狂慢欺，又行被淹汙辱而乞匄，因以此行而名之，謂為癡狂乞匄者之道。」（卷 117／天咎四人辱道誡／p662）「願請問太上中古以來，諸相教為道者，反多有去家棄親，捐妻子；反多有乞匄，癡狂詳欺，食糞飲小便。」（卷 117／天咎四人辱道誡／p664）

「乞食為佛教徒十二頭陀行之一，佛教認為乞食為清潔之正命，若自己經

營種種生業養活自己，則稱為邪命。」﹝註12﹞《太平經》認為行乞化緣是欺慢癡狂的行為，它會玷汙天道，皇天對此極度憎惡。《太平經》極力反對佛教這種修行方式，大力強調道的作用。可見，作為外來宗教的佛教初入中原，與土生土長的道教有些衝突，互相排斥。

《漢書・西域傳上・罽賓國》：「擁彊漢之節，餒山谷之間，乞匄無所得。」顏師古注：「匄亦乞也。」南朝梁寶唱《經律異相》卷18：「昔有兩比丘，持戒智慧正等，俱得須陀洹道。一比丘但行乞匄，以用布施。」唐房玄齡《晉書》卷九十五：「石季龍時，在魏縣市中乞匄，恆著麻襦布裳，故時人謂之麻襦。」後晉沈昫《舊唐書・列傳第一百一十六》：「臣八歲喪父，家貧無業。母兄乞匄以供資養。衣不布體，食不充腸。」宋司馬光《言賑贍流民箚子》：「臣聞民之本性，懷土重遷，豈樂去其鄉里，捨其親戚，棄其邱壟，流離道路，乞匄於人哉。」

【怔忪】

驚恐不安。「反舉家怔忪，避舍遠處，當死之人遠何益？」（卷114／病歸天有費訣／p621）再如漢王符《潛夫論・救邊》：「旬時之間，虜復為害，軍書交馳，羽檄狎至，乃復怔忪如前。」唐黃滔《代陳蠲謝崔侍郎書》：「某又名碍龍頭，跡乖豹變，都由薄命，翻負至公，以此怔忪莫寧，惶惑無已。」唐釋道世《法苑珠林》卷第五十一：「善知識者有四輩：一外如怨家內有厚意；二於人前直諫於外說其善；三病瘦懸官若為其怔忪憂解之；四見人貧賤心不棄捐當念欲富之善。」宋薛居正《舊五代史・列傳二十一》：「豈謂御批累降，圣旨不移，決以此官，委臣非器，所以強收涕泗，勉遏怔忪，重思事上之門，細料盡忠之路。」

【消】

消化。「日夜羸劣，飯食復少，不能消盡穀，五藏不安，脾為不磨。是正在不全之部短氣，飯食不下。」（卷114／大壽誡／p617）

《釋名・釋疾病》：「小兒氣結曰哺。哺，露也，哺而寒露，乳食不消，生此疾也。」東晉王羲之《雜帖》：「前卻食小差，數數便得疾，政由不消化故。」又「僕下連連不斷，無所一欲噉輒不化消，諸弊甚，不知何以救之。」《抱朴

﹝註12﹞轉引自《太平經全譯》，1338頁。

子內篇‧雜應》:「或先作美食極飽,乃服藥以養所食之物,令不消化,可辟三年。」宋張君房《雲笈七籤》卷五十九《諸家氣法部四》:「若不知氣之所生,任運呼吸,役役尋文者,唯得通調於氣,理於五臟六腑,及能消化飲食五穀而已,焉能返魂還魄、填血益腦者哉!」

【羸劣】

疲弱;瘦弱。東漢始見。「疾病連年,不離枕席,醫所不愈,結氣不解。計念之,日夜羸劣,飯食復少,不能消盡穀,五藏不安,脾為不磨,是正在不全之部。」〔註13〕(卷114 / 大壽誡 / p617)

其他中古文獻亦見,《後漢書‧東海恭王彊傳》:「臣內自省視,氣力羸劣,日夜浸困。」《三國志‧魏書‧韓崔高孫王傳》:「柔見弘信甚羸劣,奏陳其事,宜加寬貸。」近代漢語繼續沿用,唐釋道世《法苑珠林》卷第二十二:「我既新產氣力羸劣,設得少唾諸鬼奪我,今值一人遇得少唾,欲持出城共子分食。門下多有大力鬼神,畏不敢出。」唐馮贄《雲仙雜記》卷五:「沈休文羸劣多病,日數米而食。」唐房玄齡《晉書‧段灼傳》:「逮事聖明之君,而尩悴羸劣,陳力又不能,當歸死於地下,此臣之恨三也。」唐李延壽《北史‧列傳第三十八》:「乃簡練精騎,伏於山谷,使羸劣之眾為外營,以誘之。賊騎覘見,俄而競至,伏兵奔擊,大破之。」

【行戲】

遊戲。「是愚之劇,何可依玄。但作輕薄,衒賣盡財,狂行首罰,無復道理,從歲至歲,不憂家事,遊放行戲,殊不知止。」(卷114 / 不可不祠訣 / p604)

其他文獻亦見。《世說新語‧識鑒》「苻堅將問晉鼎」南朝梁劉孝標注引車頻《秦書》:「堅六歲時,嘗戲於路,正(徐正)見而異焉,問曰:『苻郎,此官街,小兒行戲,不畏縛邪?』」唐釋道世《法苑珠林》卷第八十:「時兩兒行戲,太子呼語言,此婆羅門遠來乞汝,我已許之。」唐李延壽《北史‧列傳第三十四》:「鬱鬱不得志,或行戲街衢,或與少年游聚,不自拘持,頗類失性。」

〔註13〕標點據《正讀》。

【引謙】

即自謙。「然，真人自若真真愚昧蒙蔽不解。向者見子陳辭，以為引謙，反真真冥冥昧昧，何哉？諾，真人更明開耳聽。」（卷 37 / 試文書大信法 / P54）「真人真人，不及說乎？但引謙耶？一言之。」（卷 40 / 樂生得天心法 / P81）「善哉善哉！向不力問於天師，無從得知之也。」「觀諸真人今且說，已自知之矣，但引謙耳。」「不敢不敢。愚生六人重得天師嚴教，各歸居便間處，惟思其要意。今天師書文，悉使小大，下及奴婢，皆集議，共上書道災異善惡，曾不太繁耶哉？異生願聞其意。」（卷 86 / 來善集三道文書訣 / P320）

「引謙」《大詞典》失收，亦稀見於歷代傳世文獻。筆者目力所及僅檢得一例，《晉書》卷三十四《列傳第四》：「祜雖開府而不備僚屬，引謙之至，宜見顯明。及扶疾辟士，未到而沒，家無胤嗣，官無命士，此方之望，隱憂載懷。」

【禱賽】

祈神報賽。「死後三年，未葬之日，當奉禱賽，不可言地上有未葬者而不祠也。」（卷 114 / 不可不祠訣 / p605）

賽，舊時祭祀酬神之稱。《晉書‧藝術傳‧戴洋》：「公於白石祠中祈福，許賽其牛，至今未解，故為此鬼所考。」宋王安石《半山即事》詩之四：「神林處處傳簫鼓，共賽元豐第一秋。」

其他文獻亦見。漢王充《論衡‧辨祟》：「項羽攻襄安，襄安無噍類，未必不禱賽也。」南朝宋范曄《後漢書‧志第五》：「閉諸陽，衣皂，興土龍，立土人舞僮二佾，七日一變如故事。反拘朱索縈社，伐朱鼓。禱賽以少牢如禮。」南朝梁沈約《宋書‧志第七》：「中興之際，未有官守，廬江郡常遣大吏兼假，四時禱賽，春釋寒而冬請冰。」近代文獻沿用此詞，唐釋道世《法苑珠林》卷第六十二：「今日汝等宜可群中取羊，以用祭祀，時諸子等承父教敕，尋即殺羊，禱賽此樹，即於樹下立天祀舍。」《資治通鑑》卷二百五十九：「是建生祠於越州，制度悉如禹廟，命民間禱賽者，無得之禹廟，皆之生祠。」

【依仰】

依靠，依賴。東漢開始出現。「但自惜得為人，依仰元氣，使得蠕動之物，所不覩見災異之屬。」（卷 110 / 大功益年書出歲月戒 / p524）「德人主知地之

事，令民依仰，重見恩施，不能以時報之。」（卷 110 / 大功益年書出歲月戒 / p541～542）「人皆父母依仰之生，我獨生不見父母。」（卷 114 / 大壽誡 / p618）

《大詞典》始見書證舉宋司馬光《乞罷修感慈塔箚子》:「〔陛下〕一皆聽之，使四海蒼生，將何所依仰！」嫌晚。《注譯》不明詞義，未予出注。其他文獻亦見。如《三國志・魏書・程郭董劉蔣劉傳》:「奉得書喜悅，語諸將軍曰：『兗州諸軍近在許耳，有兵有糧，國家所當依仰也。』」唐釋道世《法苑珠林》卷第二十二:「昔者兄弟二人，居勢富貴，資財無量。父母終亡，無所依仰。雖為兄弟，志念各異。」又卷第四十九:「不惜我命，但念父母。年老，兩目復盲。一旦無我，無所依仰，以是懊惱。」

【檢持】

約束、限制、監督。「形身長大，展轉相養，陰陽接會，男女成形，老小相次，稟命於天數。於星二十八宿展轉相成，日月照察不得脫，更直相生，何有解息。但人不知，以為各自主名。雖有主，更相檢持。所以然者，人命有短長，春秋冬夏，更有生死無常。」（卷 111 / 善仁人自貴年在壽曹訣 / p552）「故使諸神轉相檢持，今悔，其後何須疑？中復為止，亦見考之，不首情實，考後首，便見下。」（卷 112 / 有過死謫作河梁誡 / p579）

中古其他文獻亦見。《釋名》曰：「羈，檢也，所以檢持制之也。」西晉無羅叉譯《放光般若經》卷 15:「趣得一人使入道，檢持是法，施眾生已，復以具足所有布施。」（8 / 107c）《大詞典》失收。

【要當】

自當；應當。此詞東漢始見。「古者聖賢以為大怨，故古者悉自實核其學問也，合於天心，事入道德仁善而已，行要當合天地之心，不以浮華言事。」（卷 49 / 急學真法 / p159～160）「夫治者，從天地立以來，迺萬端，天變易亦其時異，要當承天地得其意，得其所欲為也。」（卷 54 / 使能無爭訟法 / p205）「有故記善惡，壽所起，增年之期，要當善矣。」（卷 112 / 衣履欲好誡 / p580）「是曹之事，要當重生，生為第一。」（卷 114 / 不用書言命不全訣 / p613）

《後漢書・馮魴傳》:「我與季雖無素故，士窮相歸，要當以死任之，卿為何言？」唐牟融《寄周詔州》詩:「功業要當垂永久，名利那得在須臾。」唐房

玄齡《晉書・載記第二・劉聰》:「若死者有知,臣要當上訴陛下於天,下訴陛下於先帝。」唐釋道世《法苑珠林》卷第九十一:「顧謂濟曰:『枉不可受,要當訟府君於天。』後濟乃病。忽見此人語之曰:『前具告實,既不見理,今便應去。』濟數日卒。」

【司官】

主管官員。《大詞典》舉《後漢書・陳寵傳》:「鄰縣人戶歸附者,寵輒訓導譬解,發遣各令還本司官行部。」李賢注:「司官,謂主司之官也。」略晚。該詞東漢首見。「太陰司官,不敢懈止。正營門閣,恐自言事,輒相承為善為要道,牒其姓名,得教則行,不失銖分。」(卷 56〜64 / 闕題 / p214)「主者任錄,如過負輒白司官,司官白於太陰,太陰之吏取召家先去人,考掠治之,令歸家言呪詛逋負。」〔註14〕(卷 114 / 不承天書言病當解讁誡 / p624)

【了了】

明白;清楚。江藍生指出:「『了了』也表示視覺上分明、清楚。……『了了』還可以指敘說清楚、明白。」〔註15〕胡敕瑞認為「了了」是東漢佛典的一個新興重疊詞〔註16〕。《大詞典》書證為晉代張華《博物志》卷二:「有發前漢時冢者,人猶活……問漢時宮中事,說之了了,皆有次序。」實則東漢時期的《太平經》中已經出現該詞,「故令有知,從內視外,何所不知,何所不見?見,心了了,念但貪長生活之道,思得駕乘,為大神奉使。」〔註17〕(卷 111 / 有知人思慕與大神相見訣 / p557)

後代用例如《後漢書・志第十七・五行五》:「問漢時宮中事,說之了了,皆有次緒。」《顏氏家訓・書證》:「凡五十八字,一字磨滅,見有五十七字,了了分明。其書兼為古隸。」《抱朴子內篇・袪惑》:「自言已四千歲,敢為虛言,言之不怍。云已見堯舜禹湯,說之皆了了如實也。」又該篇:「其上神鳥神馬,幽昌、鷦明、騰黃、吉光之輩,皆能人語而不死,真濟濟快仙府也,恨吾不得善周旋其上耳。於時聞誕此言了了,多信之者。」李白《代美人愁鏡》詩:「明明金鵲鏡,了了玉臺前。」宋張君房《雲笈七籤・卷四十三 存思部

〔註14〕標點據《正讀》。
〔註15〕江藍生《魏晉南北朝小說詞語匯釋》,語文出版社,1988 年,128 頁。
〔註16〕胡敕瑞《〈論衡〉與東漢佛典詞語比較研究》,65 頁。
〔註17〕標點據《正讀》。

二思修九宮法》:「存符籍上有我州縣、鄉里、姓名、年如干,青文綠字,分明了了。」

中古漢語中,「了了」又有「聰慧伶俐」義,「『了』字疊用作『了了』,仍有『明了』義,特指智力聰明。……只用於兒童或少年,不用於大人。」〔註18〕《世說新語・賞譽》:「鍾士季目王安豐:『阿戎了了解人意。』」晉袁宏《後漢紀・獻帝紀》:「小時了了者,至大亦未能奇也。」《宋書・恩倖傳・戴法興》:「大將軍彭城王義康於尚書中覓了了令史,得法興等五人。」

【了然】

明白;清楚。胡敕瑞認為「了」是東漢佛典的一個新興單音詞,義同前代的舊詞「明/解/知」〔註19〕。《大詞典》書證是白居易《睡起晏坐》詩:「了然此時心,無物可譬喻。」據《太平經》,可以提早其始見年代,如「表裏相承,無有失名,上及皇耀,下至無聲,寂靜自然,萬物華榮,了然可知。」(卷56~64/闕題/p213)「惟太上之君有法度,開明洞照,可知無所不通,豫知未然之事。神靈未言,豫知所指,神見豫知,不敢欺枉,了然何所復道?」〔註20〕(卷114/九君太上親訣/p594)「所以然者,人各有志,各自有所念,各有所成,其計不同。各有所見,各有所出生,各自欲有所得,各知其所,心乃了然。」(卷114/不用書言命不全訣/p613)

再如《魏書・志第十三・禮四之四》:「《喪服》正文,大夫以上,每事顯列,唯有庶人,含而不言。此通下之義,了然無惑。」宋張君房《雲笈七籤・卷六十・服氣絕粒第二》:「凡春夏秋冬,並不假暖氣,日久自悟,諸理了然。」

中古漢語中該詞又有「全然」義,《大詞典》首舉唐牟融《遊報本寺》詩:「了然塵事不相關,錫杖時時獨看山。」過晚。《搜神記》卷十六:「道遇水,定伯令鬼先渡,聽之,了然無聲音。」《漢魏南北朝墓誌彙編・北魏》:「泉室窅培,永矣蒼天,了然無之,刊記茲石,永久識期,身」沒名存,揚波遠開。」

【悲惶】

悲傷惶恐。東漢首見,「常不離忠信,未嘗有解,晝夜悲惶,不離於內,傾側思慕貪成,得與大神相見。」(卷111/有知人思慕與大神相見訣/p557)後

〔註18〕江藍生《魏晉南北朝小說詞語匯釋》,128 頁。
〔註19〕胡敕瑞《〈論衡〉與東漢佛典詞語比較研究》,87 頁。
〔註20〕標點據《正讀》。

世繼續行用，《魏書・志第十二・禮四之三》：「願陛下思大孝終始之義，愍億兆悲惶之心，抑思割哀，遵奉終制，以時即吉，一日萬機，則天下蒙恩，率土仰賴。」又同篇：「伏惟陛下以萬乘之尊，不食竟於五日，既御則三食不充半溢。臣等伏用悲惶，肝腦塗地。躬行一日，足以貫被幽顯，豈宜衰服三年，以曠機務。」《晉書・王敦桓溫傳》：「巴蜀既平，逆胡消滅，時來之會既至，休泰之慶顯著。而人事乖違，屢喪王略，復使二賊雙起，海內崩裂，河洛蕭條，山陵危逼，所以遐邇悲惶，痛心於既往者也。」《三國演義》第七七回：「關公不勝悲惶，遂令關平斷後，公自在前開路，隨行止剩得十餘人。」《大詞典》首舉《晉書・溫嶠傳》：「承問悲惶，精魂飛散。」過晚。

【偏傍】

旁側，旁邊。東漢首見。「乃置綱紀，歲月偏傍，各置左右，星辰分別，各有所主，務進其忠，令使分部。」（卷112／有過死謫作河梁誡／p578）再如宋釋贊寧《宋高僧傳》卷第二十三：「京邑信士遂塑其灰為僧形，置於佛殿偏傍，世號束草師。」《大詞典》失收此義。

【自在】

自由；無拘束、任意。東漢始見。「但自無狀，不計其咎、妄為不當行，不承大教，而反自在，自令命短，何所怨咎？」（卷111／善仁人自貴年在壽曹訣／p550）「受命有期，安得自在，念之心痛，淚下沾衣，無有解已。」（卷111／善仁人自貴年在壽曹訣／p550）「出入表裏，慎無誤失，詳諦所受，被天奉使，不可自在，當輒承命，不得留久，輒有責問不頃時矣。」（卷112／寫書不用徒自苦誡／p571）「神仙尚有過失，民何得自在？」（卷112／寫書不用徒自苦誡／p572）「令世俗人亦自薄恩，復少義理。當前可意，各不惜其壽。縱橫自在，以為無神。」（不承天書言病當解謫誡／p624）

後世沿用，晉袁宏《後漢紀・光武帝紀三》：「因共扶盆子帶以璽綬，盆子號泣，不得自在。」唐李咸用《遊寺》詩：「無家身自在，時得到蓮宮。」明陶宗儀《輟耕錄・大軍渡河》：「富與貴悉非所願，但得自在足矣。」

【惜愛】

愛惜，吝惜。「夫人命帝王，但常思與善人為治，何惜愛哉？」（卷47／上善臣子弟子為君父師得仙方訣／p139）「上天地各有文理，知用前，不知自

却，此自然耳，不惜愛戒而不相教也。」（卷 110／大功益年書出歲月戒／p539）
「是太上有知之人，祿相所貪，故以心自明是也。但恐文辭筆墨自言耳，亦
何惜愛天上之教戒乎？常言苦無應書者，恐外內不相副也。」（卷 111／有知
人思慕與大神相見訣／p558）《大詞典》首舉明劉基《女兒子》詩：「阿婆惜愛
女兒子，女兒只愁阿婆死。」嫌晚。其他用例如唐歐陽熙《洪州雲蓋山龍壽院
光化大師寶錄碑銘》：「勞生戀兮，謾自悲傷。若蟬蛻兮，有何惜愛。」〔註21〕
清陸心源《唐文拾遺》卷四十崔致遠《前邵州錄事參軍顧玄夫攝桐城縣令》
牒：「為疏奔競之門，尚處皋棲之地，既能潔己，何惜愛人？」

【畢竟】

了結，窮盡。「已畢竟，復以類次之，使相從，賢明共安之，去其復重，
編而置之，即成賢經矣。」（卷 41／件古文名書訣／p84～85）「如都拘校道文
經書，及眾賢書文、及眾人口中善辭訣事，盡記善者，都合聚之，致一間處，
都畢竟，迺與眾賢明大德共訣之，以類更相微明，去其復重，次其辭文而記
置之。」（卷 41／件古文名書訣／p85）「今天地開闢以來久遠，河雒出文出
圖，或有神文書出，或有神鳥狩持來，吐文積眾多，本非一也。聖賢所作，亦
復積多，畢竟各自有事。」（卷 41／件古文名書訣／p85）「故十月而實核，下
付歸之。所以然者，此八月九月十月三月也，天地人正俱畢竟，當復反始。」
（卷 48／三合相通訣／p154）「其四方來善宅，已出中奇文殊方善策者，復善
閉之，於其畜積多者復出次之，復齎上之，於四方辭旦日少畢竟也。」（卷 88
／作來善宅法／p333）《大詞典》舉孤證漢王充《論衡·量知》：「貧無以償，
則身為官作，責乃畢竟。」可補。

其他中古用例如《三國志·魏書·武帝紀》：「又降神禮訖，下階就幕而立，
須奏樂畢竟，似若不衍烈祖，遲祭速訖也，故吾坐俟樂闋送神乃起也。」《三
國志·吳書·華核傳》：「又楊市土地與宮連接，若大功畢竟，輿駕遷住，門行
之神，皆當轉移，猶恐長久未必勝舊。」

【解已】

休止。「真人欲知其效，若初九起甲子，初六起於甲午，此之謂也·故天道
比若循環，周者復反始，何有解已。」（卷 65／斷金兵法／p227）「明王聖主聞

〔註21〕《全唐文》第 9 部卷八百六十九，9103 頁。

之，見助養民大喜，因而詔取，位至鼎輔，因是得尊貴，世世無有解已，尚為大仁，天下少有。」（卷 67 / 六罪十治訣 / p246）「人者，乃象天地，四時五行六合八方相隨，而壹興壹衰，無有解已也。」（卷 72 / 齋戒思神救死訣 / p294）「受命有期，安得自在，念之心痛，淚下沾衣，無有解已。」（卷 111 / 善仁人自貴年在壽曹訣 / p550）

《漢書・郊祀志下》：「及雍五畤皆曠遠，奉尊之役休而復起，繕治共張無解已時，皇天著象殆可略知。」南朝宋謝靈運《述祖德》詩：「中原昔喪亂，喪亂豈解已。」清王引之《經義述聞・周官上》「解止」：「解已，猶休已也……或言解止，或言解已，或言解息，或言解舍，或言解休，其義一也。」

【本文】

正文。「故一言而成者，其本文也；再轉言而止者，迺成章句也；故三言而止，反成解難也，將遠真，故有解難也。」（卷 40 / 分解本末法 / p76）「學凡事者，常守本文，而求眾賢說以安之者，是也；守眾文章句而忘本事者，非也，失天道意矣。」（卷 70 / 學者得失訣 / p277～278）「故一本文者，章句眾多故異言。令使天地之道，乃大亂不理，故生承負之災也。」（卷 96 / 守一入室知神戒 / p420）

再如漢趙岐《〈孟子〉題辭》：「於是乃述己所聞證以經傳，為之章句。具載本文。」《後漢書・賈逵傳》：「逵悉傳父業，弱冠能誦《左氏傳》及五經本文。」

【章句】

剖章析句，經學家解說經義的一種方式。「故一言而成者，其本文也；再轉言而止者，迺成章句也；故三言而止，反成解難也，將遠真，故有解難也。」（卷 40 / 分解本末法 / p76）「章句者，尚小儀其本也，過此下者，大病也。乃使天道失路，帝王久愁苦，不能深得其理，正此也。」（卷 51 / 校文邪正法 / p190）「學凡事者，常守本文，而求眾賢說以安之者，是也；守眾文章句而忘本事者，非也，失天道意矣。」（卷 70 / 學者得失訣 / p277～278）「故一本文者，章句眾多故異言。令使天地之道，乃大亂不理，故生承負之災也。」（卷 96 / 守一入室知神戒 / p420）

章句作為一種注疏體裁，出現於春秋末期；而章句之學作為一門學術，則

產生於西漢宣帝時期。章句之學在兩漢時期興盛一時，就連早期道經中也有論及，經中提到章句要有所本，不能脫離本文，章句是為本文服務的，二者主次關係應當分清。中古其他文獻亦見，《東觀漢記・明帝紀》：「親自製作五行章句。每饗射禮畢，正坐自講，諸儒並聽，四方欣欣。」北齊顏之推《顏氏家訓・勉學》：「空守章句，但誦師言，施之世務，殆無一可。」

【報稱】

報答。「惟有進善求生之人，思樂報稱天意，令壽自前。」（卷 114 / 天報信成神訣 / p606）

其他用例如《漢書・孔光傳》：「誠恐一旦顛僕，無以報稱。」《後漢書・光武十王列傳》：「臣蒙恩得備蕃輔，特受二國，宮室禮樂，事事殊異，巍巍無量，訖無報稱。」唐宋之問《自洪府舟行直書其事》：「事往每增傷，寵來常誓止。銘骨懷報稱，逆鱗讓金紫。」宋岳飛《奏乞出師箚子》：「臣實何能，誤荷神聖之知，如此敢不晝度夜思，以圖報稱。」

【報復】

酬報；報答。「夫子何男何女，智賢力有餘者，尚乃當還報復其父母功恩而供養之也。」（卷 35 / 分別貧富法 / p35）「故設惡以分明天地四時五行之意，使知成生為重，增其命年；人得生成之道，承用其禁，不敢觸忌。以是言之，天知愚人甚薄而無報復之意，逆天所施為，證天所施為，加人所施行邪，中類反當活惡疾善也。」（卷 110 / 大功益年書出歲月戒 / p525）「愚人無知，不肯報謝，自以職當然，反心意不平，彊取人物以自榮，無報復之心，不顧患難，自以可竟天年。」（卷 112 / 有過死謫作河梁誡 / p574）

其他用例如《漢書・朱買臣傳》：「悉召見故人與飲食諸嘗有恩者，皆報復焉。」《三國志・蜀書・法正傳》：「外統都畿，內為謀主。一飧之德，睚眦之怨，無不報復。」

【報塞】

猶報答；報效。「今得神人言，大覺悟，思盡死以自效於明天，以解大病，而安地理，固以興帝王，令使萬物各得其所，想以是報塞天重功，今不知其能與不哉？」（卷 51 / 校文邪正法 / p190）其他傳世文獻中又作「報賽」「保塞」。

《敦煌變文字義通釋》曾論及該詞，指出：「漢魏以來就有『報塞』一詞，而『塞』音同『賽』。又按：《呂氏春秋》無義篇：『公孫鞅之於秦，非父兄也，非有故也，以能用也。欲堙之責，非攻無以。』高誘注：『堙，塞也。鞅欲報塞相秦之責，非攻伐無以塞責。』秦予公孫鞅以相位，而鞅以攻伐別國為報，這就是『堙』，就是高注所說的『報塞』，高注也是『報塞』一詞之最早見者。」〔註22〕但蔣著所舉諸例未言及東漢時的《太平經》，這當是該詞的較早用例，可為補。

其他用例如《漢書・谷永傳》：「絕命隕首，身膏野草，不足以報塞萬分。」《後漢書・班超傳》：「雖欲竭盡其力，以報塞天恩，迫於歲暮，犬馬齒索。」宋蘇軾《上皇帝書》：「臣以庸材，備員冊府，出守兩郡，皆東方要地，私竊以為守法令、治文書、赴期會，不足以報塞萬一。」

【正使】

縱使；即使。「記吾戒，子□□矣，吾言萬世不可忘也，正使上行窮周無訾之天，其戒皆如此矣，無復有奇哉也。」（卷71／致善除邪令人受道戒文／p288）「力以刑罰，威而合之，久久猶敗，相背分爭，陰陽相剋賊害，不可禁止也。正使父子、子母、夫婦極親，會相害也，共亂天道，斷無世也。」〔註23〕（卷115～116／闕題／p649）

《東觀漢記・光武帝紀》：「正使成帝復生，天下不可復得也。」《三國志・魏書・高貴鄉公髦傳》「高貴鄉公卒」裴松之注引《漢晉春秋》：「帝乃出懷中版令投地，曰：『行之決矣。正使死，何所懼？況不必死邪！』」

【耆舊】

年高望重者。「老者，乃謂耆舊老於道德也，象天，獨常守道而行，不失銖分也，故能安其帝王。」（卷53／分別四治法／p198）

《漢書・蕭育傳》：「上以育耆舊名臣，乃以三公使車，載育入殿中受策。」《魏書・列傳閹官第八十二》：「以巍耆舊，每見勞問，數追稱巍之正直。」《魏書・列傳第二十九・源賀》：「賀依古今法及先儒耆舊之說，略採至要，為十二陳圖以上之。顯祖覽而嘉焉。」《宋書・列傳第一・后妃》：「姆妳敢恃耆

〔註22〕蔣禮鴻《敦煌變文字義通釋》（增補定本），上海古籍出版社，1997年新三版，208～209頁。
〔註23〕標點據《正讀》。

舊，唯贊妒忌；尼媼自倡多知，務檢口舌。」唐杜甫《憶昔》詩之二：「傷心不忍問耆舊，復恐初從亂離說。」

【退去】

罷退；去除。「正問此要會，子其欲進至道而退去邪文邪？」（卷 50／去邪文飛明古訣／p168）「故開其後者，示教休氣，為其有為姦者樂開使退去也。不去當見收，收則考問之則成罪，罪則不可除，令死危。」（卷 73～85／闕題／p304）「故有大功者賜遷舉之，其無功者退去之，或擊治。」（卷 96／六極六竟孝順忠訣／p408）「故言四時五行日月星宿皆持命，善者增加，惡者自退去，計過大小，自有法常。」（卷 111／善仁人自貴年在壽曹訣／p552）

《漢書·劉向傳》：「劾更生前為九卿，坐與望之、堪謀排車騎將軍高、許、史氏侍中者，毀離親戚，欲退去之，而獨專權。」三國蜀諸葛亮《便宜十六策·考黜》：「進用賢良，退去貪懦。」

【消去】

（使）消失，消散。「開者，闢也，通也，達也，開其南，更調暢陽氣，消去其承負之厄會也。」（卷 39／解師策書訣／p66）「氣得，則此九人俱守道，承負萬世先王之災悉消去矣。」（卷 42／九天消先王災法／p90）「故承負之厄會日消去，此自然之術也。」（卷 42／驗道真偽訣／p92）「本天地元氣，合陰陽之位，邪惡默然消去，乖逆者皆順，明大靈之至道，神祇所好愛。」（卷 56～64／闕題／p216）

漢王充《論衡·遭虎》：「夫吉凶同占，遷免一驗，俱象空亡，精氣消去也。」《後漢書·蔡邕列傳》注引詩大雅雲漢篇序曰：「宣王遇旱，側身修行，欲消去之，故大夫仍叔作雲漢之詩以美之。」《雲笈七籤》卷十九《第五十五神仙》：「以丹書制百邪符，置於甕水上。邪鬼見之，皆自然消去矣。」《古尊宿語錄》卷四十：「莫道但得雪消去，自然春到來。」

【藏去】

隱藏，潛藏。「共並力同心，所為者日有成功，月益彰明，歲益興盛，天地悅喜，善應悉出，惡物藏去，天地悅則羣神喜。」（卷 109 四吉四凶訣／p521）

中古、近代文獻中「藏去」多作「收藏」義，《漢書·遊俠傳·陳遵》：「性善書，與人尺牘，主皆藏去以為榮。」顏師古注：「去亦藏也。」亦作「藏弆」，

《新唐書・膠東王道彥傳》:「神通未食,不敢先,即有所分,辭以飽,乃藏弄以待。」清王筠《箓友肊說》:「安知數百年後,人不以廥堂之物而寶貴藏弄之,以為此前賢之手澤乎?」

【相乘】

相加;相繼。「星數之度,各有其理,未曾有移動,事輒相乘,無有復疑。」(卷 56〜64 / 闕題 / p213)「天數始起於一,終於十,十而相乘,天道到於五而反,故適萬國也。」(卷 93 / 國不可勝數訣 / p390)

《漢書・王莽傳中》:「政令煩多,當奉行者,輒質問乃以從事,前後相乘,憒眊不渫。」顏師古注:「乘,積也,登也。」柳宗元《〈非國語〉跋》:「吳越之事無他焉,舉一國足以盡之,而反分為二篇,務以相乘。」

【災厄】

亦作「災戹」、「災阨」,謂災禍、苦難。「如是則天地已悅矣,帝王承負之災厄,已大除去,天下太平矣。」(卷 86 / 來善集三道文書訣 / p319)「故德君盡以正辭,而天地開闢以來,承負之災厄悉除,無復災害。」(卷 96 / 守一入室知神戒 / p416)

其他中古文獻用例如《漢書・谷永傳》:「遭无妄之卦運,直百六之災阨,三難異科,雜焉同會。」《後漢書・皇后紀上・和熹鄧皇后紀》:「每聞人饑,或達旦不寐,而躬自減徹,以救災厄,故天下復平,歲還豐穰。」《後漢書・左雄傳》:「梁冀之封,事非機急,宜過災厄之運,然後平議可否。」

【厄會】

厄運。如「故承負之厄會日消去,此自然之術也。」(卷 42 / 驗道真偽訣 / p92)「行,六真人精已大進,為天除病矣,為帝王除厄會矣,功已著於天矣,王者已日彊明矣。」(卷 86 / 來善集三道文書訣 / p319)「愚生受天師書言,可以報天地重功,療天地病,而為有德帝王除天地立事以來流災厄會。」(卷 93 / 國不可勝數訣 / p390)

其他文獻用例如《漢書・王莽傳》:「今厄會已度,府帑雖未能充,略頗稍給,其以六月朔庚寅始,賦吏祿皆如制度。」漢班彪《王命論》:「故雖遭罹厄會,竊其權柄,勇如信布,彊如梁籍,成如王莽,然卒潤鑊伏鑕,烹醢分裂。」《三國志・吳書・王樓賀韋華傳》:「昔海虜窺窬東縣,多得離民,地習海行,

狃於往年，鈔盜無日，今胸背有嫌，首尾多難，乃國朝之厄會也。」《法苑珠林》卷第三十一：「人生各有厄會，到時易其名字以隨生氣之音，則可以延年度厄。」

又作「戹會」。如「開者，闢也，通也，達也，開其南，更調暢陽氣，消去其承負之戹會也。」（卷 39 ／ 解師策書訣 ／ p66）「人生比竟天年，幾何睹病，幾何遭戹會？」〔註24〕（卷 72 ／ 齋戒思神救死訣 ／ p294）後世用例不多。《後漢書‧竇融傳》：「伏惟將軍國富政修，士兵懷附。親遇戹會之際，國家不利之時，守節不回，承事本朝。」清方東樹《〈切問齋文鈔〉書後》：「俗言易勝，繆種易傳，播之來學，將使斯文喪墜，在茲永絕，亦文章之戹會也。」

《大詞典》將「厄會」釋作「眾災會合」，恐非。從文獻用例來看，「厄會」都是作名詞，是一個同義複合詞。

【窮厄】

又作「窮戹」，窮困、困頓。「見人窮厄，假貸與之，不責費息。人得其恩，必不負之。」（卷 114 ／ 為父母不易訣 ／ p625）

《漢書‧蘇武傳》：「丁令盜武牛羊，武復窮厄。」晉干寶《搜神記》卷九：「張氏既失鈎，漸漸衰耗；而蜀賈亦數罹窮厄，不為己利。」《北史‧祖瑩傳》：「性爽俠，有節氣，士有窮戹，以命歸之，必見存拯，時亦以此多之。

【貧戹】

即「貧阨」，亦作「貧厄」，貧窮困厄。「此人貧戹空虛日久，恐不自全，得天君腹心，乃令神收藏，不藏者其主未藏者時，恐不如所言也。」（卷 110 ／ 大功益年書出歲月戒 ／ p534）

其他用例如漢王符《潛夫論‧贊學》：「貧阨若彼，而能進學若此者，秀士也。」《法苑珠林》卷六二引漢劉向《孝子傳》：「舜父在家貧厄，邑市而居。」清唐甄《潛書‧格定》：「貧阨道心生，富豫道心亡。」

【畫象】

畫衣冠。指上古以特異的服飾象徵五刑，以示懲誡。「故前有害獄，後有惡鬼，皆來趨鬭，欲止不得也，因以亡身。故畫象以示後來，賢明得之以為大誡。」（卷 101 ／ 西壁圖 ／ p458）

〔註24〕句讀據《正讀》。

其他用例如《漢書・武帝紀》：「朕聞昔在唐虞，畫象而民不犯，日月所燭，莫不率俾。」顏師古注：「應劭曰：『二帝但畫衣冠，異章服，而民不敢犯也。』《白虎通》云：『畫象者，其衣服象五刑也。』」《晉書・刑法志》：「傳曰：三皇設言而民不違，五帝畫象而民知禁。」唐李紳《趨翰苑遭誣構四十六韻》：「畫象垂新令，消兵易舊謨。」

【申勅】

又作「申敕」，告誡。「作惡不止，久滅人戶，故復申勅，既無犯者，犯者各為薄命少年，人欲為非，當為說解其愚迷，使不逢凶。」（卷112／七十二色死尸誡／p569）「故三臺七星，輔正天威，日月照察是非，使有自然，然後無有中悔之者。故復申敕諸所部主，各令分明，受罰不怨，此之謂也。」（卷112／不忘誡長得福訣／p582）

《漢書・成帝紀》：「公卿申敕百寮，深思天誡，有可省減便安百姓者，條奏。」《三國志・魏書・高貴鄉公髦傳》：「〔臣〕欲遵伊周之權，以安社稷之難，即駱驛申勅，不得迫近輦輿，而濟遽入陳間，以致大變。」《晉書・李憙傳》：「其申敕羣僚，各慎所司，寬宥之恩，不可數遇也。」清黃宗羲《餘姚至省下路程沿革記》：「當事每每以空言申勅，安得如汪守者而與之講濟世之事乎？」

【質問】

詢問以正其是非，與今義略別。真人再拜曰：「今欲復有質問密要，天之祕要，又不敢卒言。」（卷69／天讖支干相配法／p261）「愚生見天師所說，無有窮極時也，迺後弟子俱天覺承知，天師深洞知天地表裏陰陽之精，諸弟子恐一旦與師相去，無可復於質問疑事，故觸冒不嗛，問可以長久安國家之讖，令人君常垂拱而治，無復有憂。」（卷69／天讖支干相配法／p261）「怪其久矣，無於質問，常若悒悒。」（卷117／天咎四人辱道誡／p665）

再如《漢書・劉歆傳》：「時丞相史尹咸以能治《左氏》，與歆共校經傳。歆略從咸及丞相翟方進受，質問大義。」顏師古注：「質，正也。」

【都市】

都城中的集市。與今義有別。「令（令，當作今）一人為大欺於都市中，四面行於市中，大言地且陷成涵水，垂泣且言；一市中人歸道之，萬家知之，老弱大小四面行言，天下俱得知之，迺使天下欺，後者增益之，其遠者尤劇。」

（卷37／五事解承負法／p58）「市者，天下所以共致聚人處也，行此書者，言國民大興云云，比若都市中人也。」（卷39／解師策書訣／p68）「比若都市人一旦而會，萬物積聚，各資所有，往可求者。」（卷46／道無價却夷狄法／p128）「天以占之神為之，使不妄白，上乃得活耳。不者罰謫賣菜都市，不得受取面目，為醜人所輕賤，眾人所鄙，過重謫深，四十年矣。」（卷112／寫書不用徒自苦誡／p570）

其他用例如《漢書・王嘉傳》：「丞相幸得備位三公，奉職負國，當伏刑都市以示萬眾。丞相豈兒女子邪，何謂咀藥而死！」五代王定保《唐摭言・節操》：「嘗於都市遇鐵燈臺，市之，而命洗刷，却銀也。」

【悁悒】

憂鬱。「天大疾之，地大苦之，以為大病，誠冤忿恚，因使萬物不興昌，多災夭死，不得竟其天年。帝王悁悒，吏民雲亂，不復相理，大咎在此，六罪也。」（卷67／六罪十治訣／p256）「常思善，精神集來隨人也；思惡，精神亦來集人也。乃入人腹中，隨趨人所思，使悁悒不能忘之矣。」（卷120～136／太平經鈔辛部／p699）

其他用例如漢王逸《九思・憫上》：「思佛鬱兮肝切剝，怨悁悒兮孰訴苦。」漢蔡邕《薦邊文禮》：「邕誠竊悁邑，怪此寶鼎未授犧牛大羹之和，久佐煎熬爛割之間。」三國魏吳質《答東阿王書》：「凡此數者，乃質之所以憤積於胸臆，懷眷而悁邑者也。」晉葛洪《抱朴子外篇・博喻》：「達乎通塞之至理者，不悁悒於窮否；審乎自然之有命者，不逸豫於道行。」

表示「憂鬱」義，本經還有「悒悒」，如「今訾子悒悒，已舉承負端首，天下之事相承負皆如此，豈知之耶？」（卷37／五事解承負法／p61）「治不惟此法，常使天悒悒忿忿不解，故多凶災。」（卷44／案書明刑德法／p108）又作「悃悃」，如「人乃甚無狀，共穿鑿地，大興起土功，不用道理，其深者下著黃泉，淺者數丈。母內獨愁恚，諸子大不謹孝，常苦忿忿悃悃，而無從得通其言。」（卷45／起土出書訣／p114）「人生於天地，乃背天地，斷絕天談，使天有病，乃畜積不除，悃悃不得通，言報其子，是一大逆重罪也。」（卷86／來善集三道文書訣／p317～318）

【考壽】

長壽。「然，今且賜子千斤之金，使子以與國家，亦寧能得天地之歡心，以調陰陽，使災異盡除，人君帝王考壽，治致上平耶？」（卷 46 / 道無價却夷狄法 / p126）

考，老；壽。《詩・大雅・棫樸》：「周王壽考，遐不作人。」鄭玄箋：「文王是時九十餘矣，故云壽考。」《漢書・元帝紀》：「黎庶康寧，考終厥命。」顏師古注：「考，老也。言得壽考，終其天命。」

其他用例如漢王符《潛夫論・德化》：「德政加於民，則多滌暢姣好，堅彊考壽；惡政加於民，則多罷癃尪病，夭昏扎瘥。」《詩・周頌・雝》「綏我眉壽」漢鄭玄注：「安助之以考壽。」

【疾毒】

怨恨，憎恨。「時氣不和，實咎在人好殺傷，畋射漁獵，共興刑罰，常有共逆天地之心意，故使久乖亂不調，帝王前後得愁苦焉，是重過也。真人幸欲常有功於天，有恩於帝王，今天上積疾毒之。」〔註25〕（卷 118 / 天神考過拘校三合訣 / p672）

疾，厭惡；憎恨。《書・君陳》：「爾無忿疾於頑，無求備於一夫。」《史記・蘇秦列傳》：「〔秦〕方誅商鞅，疾辯士，弗用。」唐杜甫《除草》詩：「芟夷不可闕，疾惡信如讎。」毒，怨恨，憎恨。銀雀山漢墓竹簡《孫臏兵法・行篹》：「死者不毒，奪者不慍。」《後漢書・袁紹傳》：「每念靈帝，令人憤毒。」李賢注：「毒，恨也。」唐柳宗元《捕蛇者說》：「余悲之，且曰：『若毒之乎？余將告於蒞事者，更若役，復若賦，則何如？』」二字同義連言。《大詞典》將「疾毒」釋作「憎恨毒害」，非是。

《漢書・趙尹韓張兩王傳》：「輔常醉過尊大奴利家，利家捽搏其頰，兄子閎拔刀欲剄之。輔以故深怨疾毒，欲傷害尊。」《東觀漢記・光武帝紀》：「〔李伯玉兄弟〕父為宗卿師，語言譎詭，殊非次第。嘗疾毒諸家子，數犯法令。」

【受性】

猶賦性，生性。「愚生今受性頑鈍，訖能不解，何謂也？願聞之。」（卷 117 / 天咎四人辱道誡 / p655）

〔註25〕句讀據《正讀》。

《詩·大雅·桑柔》「維此良人，作為式穀；維彼不順，征以中垢」漢鄭玄箋：「受性於天，不可變也。」《論衡·幸偶篇》：「有不戒其容者，生子不備，必有大凶，喑聾跛盲。氣遭胎傷，故受性狂悖。」《三國志·吳書·張顧諸葛步傳》：「受性暗蔽，不達道數，雖實區區欲盡心於明德，歸分於君子，至於遠近士人，先後之宜，猶或緬焉，未之能詳。」《後漢書·列女傳·曹世叔妻》：「鄙人愚暗，受性不敏。」

【質性】

資質，本性。「天師前所與愚昧不達之生策書凡九十字，謹歸，思於幽室閒處連日時，質性頑頓，晝夜念之，不敢懈怠，精極心竭，周徧不得其意。」〔註26〕（卷 39 / 解師策書訣 / p63）

《漢書·劉立傳》：「立少失父母，孤弱處深宮中，獨與宦者婢妾居，漸漬小國之俗，加以質性下愚，有不可移之姿。」晉陶潛《〈歸去來兮辭〉序》：「眷然有歸歟之情。何則？質性自然，非矯勵所得。」宋陳亮《孫貫墓誌銘》：「余愛其質性之穎悟也，不愛吾力而琢磨之，日引月長。」

【少齒】

指幼畜。「使民得用奉祠及自食，但取作害者以自給，牛馬騾驢不任用者以給天，下至地祇。有餘，集共享食。勿殺任用者、少齒者，是天所行，神靈所仰也。」〔註27〕（卷 112 / 忘誠長得福訣 / p581）

齒，牛馬的歲數。牛馬幼小者，歲生一齒，因以齒計其歲數。《穀梁傳·僖公二年》：「荀息牽馬操璧而前曰：璧則猶是也，而馬齒加長矣。」《漢書·賈誼傳》：「禮不敢齒君之路馬，蹴其芻者有罰。」顏師古注：「齒謂審其齒歲也。」

再如漢應劭《風俗通·怪神·會稽俗多淫祀》：「律不得屠殺少齒。」後來引申也可指人之幼年，如唐吳畦《唐贈左散騎常侍汝南韓公神道碑》：「弧矢不幹，忠孝為光。少齒得志，勵節勤王。扼腕不斷，瀝膽可嘗。」〔註28〕

【期度】

法度；限度。「不知人人有過於天地，前後相承負，後生者得並災到，無復

〔註26〕句讀據《正讀》。
〔註27〕句讀據《正讀》。
〔註28〕《全唐文》第 9 部卷八百五，8472 頁。

天命，死生無期度也。」（卷45／土出書訣／p124）「詳慎所言，勿為神所記，各慎所部，文書簿領，自有期度，勿相踰越。」（卷110／大功益年書出歲月戒／p542）

《周易參同契》卷上：「日辰為期度，動靜有早晚。」《漢書·霍光傳》：「顯及諸女，晝夜出入長信宮殿中，亡期度。」《宋書·謝靈運傳》：「穿池植援，種竹樹果，驅課公役，無復期度。」

【祿相】

有祿的相貌。舊時相術認為人的形體、氣色等與人的貴賤、貧富、夭壽等有關。「是天稟人命祿相當直，非大神意所施為，見善薦之，是神福也，何所報謝乎？」﹝註29﹞（卷110／大功益年書出歲月戒／p532）「是太上有知之人，祿相所貪，故以心自明是也。」（卷111／有知人思慕與大神相見訣／p558）「生有早晚，祿相當直，善惡異處，不失銖分。」（卷112／十二色死尸誡／p567）

漢王符《潛夫論·相列》：「夫骨法為祿相表，氣色為吉凶候。」《玉臺新詠·古詩為焦仲卿妻作》：「府吏得聞之，堂上啟阿母：兒已薄祿相，幸復得此婦。」

【相祿】

同「祿相」，謂享有福祿的面相。「道自然人相祿，不可彊求。」（卷112／有過死謫作河梁誡／p576）「是亦相祿，稟命所得，明其為善之徵，惡不過其門。」（卷114／為父母不易訣／p627）

《大詞典》為孤證《太平廣記》卷一四一引《續異記·蕭士義》：「汝極無相祿；汝家尋當破敗，當奈此何！」可提前並補充。唐李延壽《北史·列傳第七十七·藝術上》：「建德四年五月，周武帝在雲陽宮謂臣曰：『諸公皆汝所識，隋公相祿何如？』臣報武帝曰：『隋公止是守節人，可鎮一方，若為將領，陣無不破。』」唐歐陽詢等編《藝文類聚·卷六十六·產業部下·錢》：「錢能轉禍為福，因敗為成，危者得安，死者得生，性命長短，相祿貴賤，皆在乎錢」唐令狐德棻《隋書·列傳第九·滕穆王瓚嗣王綸》：「煬帝即位，尤被猜忌。綸憂懼不知所為，呼術者王琛而問之。琛答曰：『王相祿不凡。』乃因曰：『滕即

﹝註29﹞句讀據《正讀》。

騰也，此字足為善應。』」

【比數】

考校計算。「今是各自有君長，若遠方四境之下賤小人，極最帝王之下極螻蟻惡人也，無可比數。」（卷 93 / 方藥厭固相治訣 / p385）

《周禮‧夏官‧大司馬》「簡稽鄉民，以用邦國」漢鄭玄注：「簡，謂比數之；稽，猶計也。」《漢書‧梅福傳》：「建始以來，日食地震，以率言之，三倍春秋，水災亡與比數。」顏師古注：「言其極多，不可比較而數也。」

【舉聲】

放聲。「獨六月者以夏至之日，並動宮音。盡五月、六月者，純宮音也。又樂者，乃舉聲歌舞。」〔註30〕（卷 116 / 某訣 / p630）

《大詞典》僅孤證《東觀漢記‧東海恭王彊傳》：「彊薨，明帝發魯相所上檄，下床伏地，舉聲盡哀。」當補。《後漢書‧文苑列傳》：「因舉聲哭，門下驚，皆奔入滿側。」《魏書‧列傳列女第八十》：「母崔，以神龜元年終於洛陽，凶問初到，舉聲慟絕，一宿乃蘇，水漿不入口者六日。」《北齊書‧列傳第三‧文襄六王》：「河南王之死，諸王在宮內莫敢舉聲，唯孝琬大哭而出。」《晉書‧列傳第十九》：「及將葬，食一蒸肫，飲二斗酒，然後臨訣，直言窮矣，舉聲一號，因又吐血數升，毀瘠骨立，殆致滅性。」《法苑珠林》卷第四十九：「初發唯將一人食糧，而於今者三人共食，數日糧盡，前路猶遠，王與夫人舉聲大哭。」

【喉衿】

亦作「喉襟」，喻綱領，要領。「大道以是為性，天法以是為常，皆以一陰一陽為喉衿，今此乃太靈自然之術也。」（卷 117 / 天樂得善人文付火君訣 / p653）

漢趙岐《〈孟子〉題辭》：「《論語》者，五經之錧鎋，六藝之喉衿也。」《漢魏南北朝墓誌彙編‧東魏》：「及投分師友，綜意儒術，貫五經之異饌，」討六藝之喉襟，筆力如神，口才惑鬼，故以發穎上京，聲流遠國。」宋程大昌《考古編‧詩論》：「然則古序也者，其《詩》之喉襟也歟！」

近代漢語中，引申而有「要塞，要害之地」義，唐房玄齡《晉書‧載記第

〔註30〕句讀根據《正讀》。

四・石勒上》：「鄴有三臺之固，西接平陽，四塞山河，有喉衿之勢，宜北徙據之。」《新唐書・列傳第一百四十二上・回鶻上》：「子昂曰：『然則趨懷太行道，南據河陽，扼賊喉衿。』又不聽。」元脫脫等《金史・列傳第四十六》：「興元乃漢中、西蜀喉衿之地，乞諭帥臣，所得城邑姑無焚掠，務慰撫之。」

【檢飭】

約束。「輒有因自相檢飭，自相發舉，有過高至死，上下謫作河梁山海，各隨法輕重，各如其事，勿有失脫。」（卷 114 / 有過死謫作河梁誡 / p579）

此詞中古文獻罕見，近代漢語中有數例，宋岳飛《辭男雲特轉恩命第二札》：「以屠陋之資，將軍旅之眾，顧惟匪稱夙夜，惶懼惟恐，檢飭修省，有所未至，不足以服眾。」明洪應明《菜根譚・修身》：「一念過差，足喪生平之善；終身檢飭，難蓋一事之愆。」《續資治通鑒》卷第一百九十五：「太后性聰慧，教宮中侍女皆執治女功。然不自檢飭，自正位東朝，淫恣日甚，內則赫嚕謨、伊勒色巴用事，外則幸臣實勒們、耨埒及宣徽使特們德爾相率為奸，以至濁亂朝政焉。」

【發舉】

揭發，檢舉。「輒有因自相檢飭，自相發舉，有過高至死，上下謫作河梁山海，各隨法輕重，各如其事，勿有失脫。」（卷 114 / 有過死謫作河梁誡 / p579）

《漢書・王莽傳下》：「敢盜鑄錢及偏行布貨，伍人知不發舉，皆沒入為官奴婢。」《三國志・魏書・明帝紀》「朗引軍還」裴松之注引三國魏魚豢《魏略》：「時明帝喜發舉，數有以輕微而致大辟者，朗終不能有所諫止。」

【照見】

知曉，明瞭。《大詞典》書證為宋代羅大經《鶴林玉露》卷十一：「先主臨終謂之曰：『嗣子可輔，輔之；如其不然，君可自取。』非先主照見孔明肝膽，其肯發此言？」據《太平經》，可提前其書證，如：「人何為不欲生乎？人無所照見乃如是，何所怨咎乎？」（卷 110 / 大功益年書出歲月戒 / p526）「如有大功，增命益年，承事元氣，合精華照見所知，復受大恩，非辭所報，但獨心不知如何也。」（卷 110 / 大功益年書出歲月戒 / p537）「太上有知之人，自多所照見，但為未能悉知天之部界耳，悉何所戒。」（卷 111 / 有知人思慕與大神相

見訣／p558）

後代用例如《左傳·文公十八年》「明允篤誠」唐孔穎達疏：「明者，達也。曉解事務，照見幽微也。」《雲笈七籤》卷三《卷道教本始部·三寶雜經出化序》：「但以本性既微，未能照見，為塵勞所惑，遂便有身。」

【小差】

疾病小愈。《大詞典》書證舉《三國志·魏書·華佗傳》：「李將軍妻病甚，呼佗視脈，曰：『傷娠而胎不去。』……將軍以為不然。佗舍去，婦稍小差。百餘日復動。」據《太平經》，可以提早其始見年代，「所以言者，惡鬼所取，慎之小差，不慎自已，惡不可施，人所怨咎。」（卷112／衣履欲好誠／p580）「天神常在人邊，不可狂言。慎之小差，不慎亡身。」（卷114／大壽誠／p619）

晉皇甫謐《高士傳·嚴光》：「君房素癡，今為三公，寧小差未？」《南史·隱逸傳·關康之》：「康之時得病小差。」

【關知】

告知，上報，常用於下對上的場合。《大詞典》始見例《北齊書·高乾傳》：「乾雖求退，不謂便見從許。既去內侍，朝廷罕所關知，居常怏怏。」據《太平經》可提前，「思之當先睹是內神已，當睹是外神也，或先見陽神而後見內神，覩之為右此者，無形象之法也。亦須得師口訣示教之，上頭壹有關知之者遂相易曰，為其易致易成，宜遠於人，便間處為之，易集近人，必難成也。」〔註31〕（卷72／齋戒思神救死訣／p293）「各自該理其身，欲副太上之意，何時敢懈，恐失其宜。效日自進，不須神言。乃而欲自成，欲得久視，與天上諸神從事，無有大小，皆相關知。」（卷114／不用書言命不全訣／p613）

【入土】

埋入墳墓，死亡安葬。《大詞典》書證為宋蘇軾《東坡志林》（稗海本）卷十二：「艾人俯而應曰：『汝已半截入土，猶爭高下乎？』」過晚。東漢時期該詞已見，「上名命曹上對，算盡當入土，愆流後生，是非惡所致邪？」（卷110／大功益年書出歲月戒／p526）「故人來悔易勢，當時鋒通，以為命可再得也。不意天遣大神，占之尤惡。先入土，用是自慰，隱忍不敢當惡。」（卷110／大功益年書出歲月戒／p535）「會欲殺人，簿領為證驗。乃令入土，輒見考治，

〔註31〕句讀根據《正讀》。

文書相關，何有脫者。」（卷 112 / 七十二色死屍誡 / p568）「是惡之人何獨劇，自以為可久與同命。不意天神促之，使下入土；入土之後，何時復生出乎？」（卷 114 / 見誡不觸惡訣 / p600）《論衡・儒增》亦見：「河北地高，壞靡不乾燥。兵頓血流，輒燥入土，安得杵浮？」

【化首】

教化的首領，傳道之人。「火者為心，心者主神，和者可為化首，萬事將興，從心起。」（卷 92 / 萬二千國始火始氣訣 / p376）「而今學為道者，皆為四毀之行，共汙辱皇天之神道，並亂地之紀，訖不可以為化首，不可以為師法，不可以為父母。」（卷 117 / 天咎四人辱道誡 / p654）「道者當上行，天乃好愛之仕也。今或有過誤，得道而上天者，天上受如問之，反皆有不謹孝之行。道為化首，天為人師法，何可反主畜舍，匿養天下不謹孝子哉？」（卷 117 / 天咎四人辱道誡 / p656）「今下愚為道，反為欺慢癡狂，乃共惑亂天之道，毀敗天之化首。」（卷 117 / 天咎四人辱道誡 / p662）《大詞典》失收。

【斗建】

即農曆之月建。古時以北斗星的運轉計算月令，斗柄所指之辰謂之斗建。如正月指寅，為建寅之月，二月指卯，為建卯之月。「故後六為破，天斗所破乃死，故魁主死亡，乃至危也。故帝王氣起少陽，太陽常守斗建。死亡氣乃起於少陰，太陰常守斗魁。」（卷 73～85 / 闕題 / p304）「是故斗建於辰，破於戌。建者，立也，故萬物欲畢生。破者，敗也，萬物畢死於戌。」（卷 102 / 經文部數所應訣 / p463）

《漢書・律曆志上》：「日至其初為節，至其中斗建下為十二辰，視其建而知其次。」《魏書・術藝傳・張淵》：「爾乃四氣鱗次，斗建星移。」唐劉駕《塞下曲》：「下營看斗建，傳號信狼煙。」

【斗綱】

亦作「斗剛」，即斗柄。「天君親隨月建斗綱傳治，不失常意，皆修正不敢犯之。」（卷 110 / 大聖上章訣 / p545）

其他用例如漢陳琳《武軍賦》：「當天符之佐運，承斗剛而曜震。」《後漢書・律曆志下》：「昔者聖人之作曆也，觀璇璣之運……斗綱所建，青龍所躔，參伍以變，錯綜其數，而制術焉。」《漢書・律曆志》「玉衡杓建，天之綱也；

日月初躔，星之紀也」顏師古注引晉晉灼曰：「下言斗綱之端連貫營室，織女之紀指牽牛之初，以紀日月，故曰星紀。」宋沈括《夢溪筆談・象數一》：「天罡者，斗剛之所建也。」原注：「斗杓謂之剛。」

【火精】

太陽。「是故太平德君方治，火精當明，不宜從太陰，令使水德王，以厭害其治也，故當斷酒也。」（卷 69 / 天讖支干相配法 / p269）

「古人把日、月、星稱之為三精，於是日便有了火精、炎精、陽精、日精等異名。」〔註32〕漢王充《論衡・說日》：「夫日，火之精也；月，水之精也。」唐韓鄂《歲華紀麗・日》：「日，火精。」唐李白《上雲樂》詩：「雲見日月初生時，鑄冶火精與水銀。」

【六甲】

用天干地支相配計算時日，其中有甲子、甲戌、甲申、甲午、甲辰、甲寅，故稱。「吾道卽甲子乙丑，六甲相承受。五行轉相從，四時周反始。」（卷 50 / 諸樂古文是非訣 / p185）「子欲重知其審實，比若萬物蚑行之屬，共一天地，六甲五行四時以是為大足。」（卷 93 / 國不可勝數訣 / p393）「天有四維，地有四維，故有日月相傳推。星有度數，照察是非，人有貴賤，壽命有長短，各稟命六甲。」（卷 112 / 七十二色死屍誡 / p567）（卷 119 / 三者為一家陽火數五訣 / p678）「是故十一月為天正，天上亦然・故其物氣赤，赤者日始還反・其初九氣屬甲子，為六甲長上首也。」

其他用例如《漢書・食貨志上》：「八歲入小學，學六甲五方書計之事，始知室家長幼之節。」《漢書・律曆志上》：「故日有六甲，辰有五子，十一而天地之道畢，言終而復始。」《南史・隱逸傳上・顧歡》：「年六七歲，知推六甲。」

【機衡】

北斗七星中第三星天璣（天機）與第五星玉衡的並稱，也代指北斗。「表裏相承，無有失名，上及皇燿，下至無聲，寂靜自然，萬物華榮，了然可知。不施自成，天之所仰，當受其名，機衡所指，生死有期，司命奉籍，簿數通書，不相應召。」（卷 56～64 / 闕題 / p213～214）「無德之國，天不救護，機衡急疾，日月催促少明。有德之國，機衡為遲，日月有光。是天之所行，機衡日月

〔註32〕劉蘊璇《日月異稱考釋》，《漢字文化》2003 年第 4 期。

星，皆當為善明。」（卷 112 / 有過死謫作河梁誡 / p575～576）「因有部署，日月星辰，機衡司候，並使五星，各執其方，各行其事。」（卷 112 / 不忘誡長得福訣 / p581）

其他用例如漢王符《潛夫論・班祿》：「是以天地交泰，陰陽和平，民無姦匿，機衡不傾，德氣流布而頌聲作也。」《後漢書・郅惲傳》：「臣聞天地重其人，惜其物，故運機衡，垂日月。」李賢注：「機衡，北斗也。」《宋書・天文志一》：「夫璇玉，貴美之名，機衡，詳細之目，所以先儒以為北斗七星。」

【天正】

周曆建子，以農曆十一月即冬至所在之月為歲首，古人以為得天之正，故稱。「天正為其初，地正為其中，人正最居下，下極故反上也。」（卷 47 / 服人以道不以威訣 / p144）「天正以八月為十月，故物畢成；地正以九月為十月，故物畢老；人正以亥為十月，故物畢死。三正竟也，物當復生。」（卷 47 / 三合相通訣 / p153～154）「今甲子，天正也，日以冬至初還反本。乙丑，地正也，物以布根。丙寅，人正也，平旦人以初起，開門就職。此三者，俱天地人初生之始，物之根本也。」（卷 119 / 三者為一家陽火數五訣 / p676）「是故十一月為天正，天上亦然。」（卷 119 / 三者為一家陽火數五訣 / p678）

其他用例如《漢書・律曆志上》：「其於三正也，黃鍾子為天正。」《後漢書・陳寵傳》「三微成著，以通三統」李賢注引《三禮義宗》：「三微，三正也……故周以天正為歲，色尚赤，夜半為朔。」

【地正】

我國古代曆法之一。指殷代以丑月（夏曆十二月）為正月的曆法。「天正為其初，地正為其中，人正最居下，下極故反上也。」（卷 47 / 服人以道不以威訣 / p144）「天正以八月為十月，故物畢成；地正以九月為十月，故物畢老；人正以亥為十月，故物畢死。三正竟也，物當復生。」（卷 47 / 三合相通訣 / p153～154）「今甲子，天正也，日以冬至初還反本。乙丑，地正也，物以布根。丙寅，人正也，平旦人以初起，開門就職。此三者，俱天地人初生之始，物之根本也。」（卷 119 / 三者為一家陽火數五訣 / p676）「是故十一月為天正，天上亦然。」（卷 119 / 三者為一家陽火數五訣 / p678）

其他用例如漢班固《白虎通・三正》：「十二月之時，萬物始牙而白。白者

陰氣，故殷為地正，色尚白也。」《禮記‧檀弓上》「殷人尚白」鄭玄注「以建丑之月為正」唐孔穎達疏：「殷質法天，而為地正。」清王夫之《讀四書大全說‧論語‧衛靈公十三》：「其說備於劉歆《三統曆》。古時迭用此法，夏則改堯舜所用顓頊之地正，而復上古之人正也。」

【人正】

即人元，夏曆的歲首。「天正為其初，地正為其中，人正最居下，下極故反上也。」（卷47／服人以道不以威訣／p144）「天正以八月為十月，故物畢成；地正以九月為十月，故物畢老；人正以亥為十月，故物畢死。三正竟也，物當復生。」（卷47／三合相通訣／p153～154）「今甲子，天正也，日以冬至初還反本。乙丑，地正也，物以布根。丙寅，人正也，平旦人以初起，開門就職。此三者，俱天地人初生之始，物之根本也。」（卷119／三者為一家陽火數五訣／p676）

其他用例如漢班固《白虎通‧三正》：「十三月之時，萬物始達，孚由而出，皆黑，人得加功，故夏為人正，色尚黑。」

【三統】

合稱天、地、人。「故乾在西北，凡物始核於亥，天法以八月而分別之，九月而究竟之，十月實核之，故天地人三統俱終，實核於亥。」（卷48／三合相通訣／p154）「夫天地人三統，相須而立，相形而成。比若人有頭足腹身，一統凶滅，三統反俱毀敗。」（卷92／萬二千國始火始氣訣／p373）「然，是好道德仁，此三人皆有三統之命。樂好道者，命屬天；樂好德畜養者，命屬地；樂好仁者命屬人。」（卷119／道祐三人訣／p681）

「三統」本指夏、商、周三代的正朔。夏正建寅為人統，商正建丑為地統，周正建子為天統，亦謂之三正。《漢書‧劉向傳》：「王者必通三統，明天命所授者博，非獨一姓也。」顏師古注引張晏曰：「一曰天統，為周十一月建子為正，天始施之端也。二曰地統，謂殷以十二月建丑為正，地始化之端也。三曰人統，謂夏以十三月建寅為正，人始成立之端也。」指代「天、地、人」蓋此義之引申。

【空缺】

缺額，空着的職位。「行仰善，與天地四時五行合信，諸神相愛，有知相

教，有奇文異策相與見，空缺相薦相保。」（卷 110／大功益年書出歲月戒／p538～539）「會以心自正者少，故使有空缺轉補，是生短也，宜復慎之勿解也。」（卷 110／大功益年書出歲月戒／p540）「過重使退，地記所受，姓名如牒，不得留止，處有空缺，下人補矣。」（卷 112／寫書不用徒自苦誡／p571）《大詞典》首舉晉王獻之《江州帖》：「若宣城、瑯琊不果，南有空缺可作者，此信還具白。」嫌晚。

【口訣】

佛家、道家以口頭傳授的道法或秘術的要語。「學於師口訣者，勿違其師言，是其大要一也。」（卷 70／學者得失訣／p277）「此者，無形象之法也，亦須得師口訣示教之，上頭壹有關知之者，遂相易，曰為其易致易成。」（卷 72／齋戒思神救死訣／p293）後代用例如晉葛洪《抱朴子內篇·明本》：「豈況金簡玉札，神仙之經，至要之言，又多不書，登壇歃血，乃傳口訣。」唐岑參《下外江舟中懷終南舊居》詩：「早年好金丹，方士傳口訣。」

【鬼門】

迷信傳說的鬼進出之門；通往陰間之門。「簿疏善惡之籍，歲日月拘校，前後除算減年；其惡不止，便見鬼門。」（卷 110／大功益年書出歲月戒／p526）其他用例如王充《論衡·訂鬼》：「《山海經》又曰：『滄海之中有度朔之山，上有大桃木，其屈蟠三千里，其枝間東北曰鬼門，萬鬼所出入也。』」南朝梁劉勰《文心雕龍·哀悼》：「然履突鬼門，怪而不辭；駕龍乘去，仙而不哀。」唐沈佺期《初達驩州》詩：「魂魄遊鬼門，骸骨遺鯨口。」

【了曉】

明白。「求蒙天重戒防禁，自有知之人本素自了曉，分別其理，何所道戒乎？持心射心，亦無間私。」（卷 111／有心之人積行補真訣／p560）傳世文獻罕見。

【了雪】

明白。「此獨何人，從所出生，略少其輩，飲食不用，道理未曾了雪。」（卷 114／不可不祠訣／p603）傳世文獻罕見。

總之，《太平經》一書中所出現的東漢新詞是大量的，除以上所舉外，還有很多，詳見附錄 1。

第二節　《太平經》中的新義

【小大】

指小孩和大人，意謂全家。《大詞典》書證為王羲之《十七帖》：「瞻近無緣，省告，但有悲歎。足下小大悉平安也。」據《太平經》，可提前該義項書證，如：「愚生六人重得天師嚴教，各歸居便間（《合校》：間疑當作閒）處，惟思其要意，今天師書文，悉使小大，下及奴婢，皆集議共上書道災異善惡，曾不太繁耶哉？」（卷 86／來善集三道文書訣／p320）

「《魏志・公孫度傳》注引《魏略》『賊權問臣家內小大』，《漢語大詞典》說『小大』指兒子。其實『小大』不專指兒子，而是泛指全家人。」〔註33〕《吐魯番出土文書詞語考釋》將「小大」釋作「成人與未成人的」，如 72TAM152：31／2 唐□文悅與阿婆、阿裴書稿（2-150）：「□文悅千々萬々再拜：阿婆、阿裴小大□平安好在不？」比較 64TAM24：30 唐趙義深與阿婆家書（2-174）：「次參拜父子，聞訊闔家□□□平安已不？次問訊伯延兄阿□□□加大小，盡訊問平安已不？」〔註34〕由比較可見，「小大」義同「大小」，即全家老小。

【中外】

家庭內外，家人和外人。「諸家患毒，親屬中外皆遠去矣。」（卷 114／大壽誡／p617）中古其他用例如《後漢書・列女傳》：「戰戰兢兢，常懼黜辱，以增父母之羞，以益中外之累。」漢蔡邕《司徒袁公夫人馬氏碑銘》：「夫人營克家道，扶翼政事，聰明達乎中外，隱括及乎無方。」北齊顏之推《顏氏家訓・風操》：「因爾便吐血，數日而亡。中外憐之，莫不悲歎。」

【口吻】

嘴唇；嘴。「俗世之人，少孝少忠，貪慕所好，刧奪取非，其有殺心，不離口吻，何望活哉？會有殃咎，早與晚耳。」（卷 112／貪財色災及胞中誡／p565）後世用例如晉成公綏《嘯賦》：「隨口吻而發揚，假芳氣而遠逝。」唐劉禹錫《上中書李相公啟》：「言出口吻，澤濡寰區。」清黃六鴻《福惠全書・刑名・驗各種死傷法》：「口脗兩角曁胸前有涎滴。」

〔註33〕吳金華《〈三國志〉語詞瑣記》，《中古近代漢語研究》（第一輯），上海教育出版社，2000 年，149 頁。
〔註34〕王啓濤《吐魯番出土文書詞語考釋》，巴蜀書社，2005 年，623 頁。

【離】

距離；相距。「然天下人本生受命之時，與天地分身，抱元氣於自然，不飲不食，噓吸陰陽氣而活，不知飢渴，久久離神道遠。」（卷36／守三實法／p43）「跂行始受陰陽統之時，同髣髴噓吸，含自然之氣，未知食飲也，久久亦離其本遠。」（卷36／三急吉凶法／p47）「令後世日浮淺，不能善自養自愛，為此積久，因離道遠，謂天下無自安全之術，更生忽事反鬭祿，故生承負之災。」（卷37／試文書大信法／p55）

《大詞典》書證為《水滸傳》第十九回：「離這裏還有多少路？」《兒女英雄傳》第一回：「這離三月裏也快了。」過晚。

【審詳】【詳審】

慎重〔註35〕。東漢新義。「是乃救死生之術，不可不審詳。」（卷50／草木方訣／p173）「慎之慎之。此救死命之術，不可易事，不可不詳審也。」〔註36〕（卷50／草木方訣／p173）

詳，審慎。《書‧蔡仲之命》：「詳乃視聽，罔以側言改厥度。」孔傳：「詳審汝視聽，非禮義勿視聽。」蔡沈集傳：「詳，審也。」《文選‧宋玉〈神女賦〉》：「澹清靜其愔嫕兮，性沈詳而不煩。」呂延濟注：「言澹然閑雅，沈默詳審不煩亂也。」

審，慎重。《左傳‧昭公二十五年》：「是故審行信令，禍福賞罰，以制死生。」《呂氏春秋‧音律》：「修別喪記，審民所終。」高誘注：「審，慎。」《韓非子‧存韓》：「故曰：『兵者，凶器也。』不可不審用也。」二字同義連文。可作「審詳」，亦可作「詳審」。

後世用例如唐魏徵《隋書‧志第十四‧天文上》：「然其法制，皆著在曆術，推驗加時，最為詳審。」唐王方慶《魏鄭公諫錄》卷五：「憎者唯見其惡，愛者唯見其善，愛憎之間，宜詳審。」後晉劉昫《舊唐書‧本紀第十九上‧懿宗》：「凡行營將帥，切在審詳，昭示惻憫之心，敬聽勤恤之旨。」

〔註35〕楊會永《〈佛本行集經〉詞彙研究》認為：「《大詞典》前兩個義項的釋義均有可商之處。《大詞典》『詳審』可收列下列三個義項：①慎重，審慎。②穩重安詳。③詳細審查。」（浙江大學2005年博士學位論文，40頁。）

〔註36〕句讀據《正讀》。

【審實】

真實；真實情況。東漢新義。「真人欲樂知天讖之審實也，從上古中古到於下古，人君棄道德，興用金氣兵法，其治悉凶，多盜賊不祥也。」（卷 69 / 天讖支干相配法 / p268）「子欲知其審實，若魚雖乘水，而不因水氣而蜚，龍亦乘水，因水氣洒上青雲為天使乎？」（卷 71 / 致善除邪令人受道戒文 / p289）「然，子欲知其審實也，俗人俱言善善而共力行之，而災殊不除去者，即不善之文，不善之言之亂也。」（卷 91 / 拘校三古文法 / p358）「子欲重知其審實，比若今年太歲在子，有德之國獨樂歲，無德之國獨凶年。」（卷 92 / 萬二千國始火始氣訣 / p369）「子欲重知其審實，比若萬物蚑行之屬，共一天地，六甲五行四時以是為大足。故皆以天地陰陽格法教示之也。」（卷 93 / 國不可勝數訣 / p393）「子欲知其審實，此若小人居民間，不中師法也。」（卷 117 / 天咎四人辱道誡 / p654）

後世用例如《後漢書・東平憲王蒼傳》：「伏聞當為二陵起立郭邑，臣前頗謂道路之言，疑不審實，近令從官古霸問涅陽主疾，使還，乃知詔書已下。」《宋書・列傳第五十九》：「此姥由來挾兩端，難可孤保，正爾自問臨賀，冀得審實也。其若見問，當作依違答之。」唐劉知幾《史通・直言》：「次有宋孝王《風俗傳》、王劭《齊志》，其敘述當時，亦務在審實。」

【不道】

無論，不管。《大詞典》書證為李白《長干行》：「相迎不道遠，直至長風沙。」可據《太平經》提早始見年代。「然，六方洞極，其中大剛，俱恨人久為亂惡之，故殺也。其害於人何哉？無有名字也。但逢其承負之極，天怒發，不道人善與惡也，遭逢者，即大凶矣。」（卷 92 / 萬二千國始火始氣訣 / p370）

後代用例如宋代高登《好事近》詞：「囊錐剛強出頭來，不道甚時節。」元代楊朝英《梧葉兒・客中聞雨》曲：「夜雨好無情，不道我愁人怕聽。」

【無有】

無論。「道為有德人出，先生與後俱與吾無有獨奇親也，吾受之等耳。故但得而力行之者，即其人也，無有甲與乙也。子知之邪？」（卷 93 / 效言不效行致災訣 / p401）「各自該理其身，欲副太上之意，何時敢懈，恐失其宜。效日自進，不須神言。乃而欲自成，欲得久視，與天上諸神從事，無有大小，皆

相關知。」（卷 114 / 不用書言命不全訣 / p613）「五氣相連上下同，六甲相屬上下同，十二子為合上下著，無有遠近皆相通。」（卷 117 / 天咎四人辱道誡 / p664）

【糞】

屎。此義東漢始見。「願請問太上中古以來，諸相教為道者，反多有去家棄親，捐妻子；反多有乞匃，癡狂詳欺，食糞飲小便。」（卷 117 / 天咎四人辱道誡 / p664）「悉作孝養親，續嗣有妻子，正形容，不癡狂、食糞飲小便也。」（卷 117 / 天咎四人辱道誡 / p665）

漢趙曄《吳越春秋・勾踐入臣外傳》：「今者臣竊嘗大王之糞。」後秦佛陀耶舍共竺佛念譯《長阿含經》卷 7：「乃昔久遠有一國土，其土邊疆，人民荒壞。時有一人，好喜養豬，詣他空村，見有乾糞。尋自念言：『此處饒糞，我豬豚飢，今當取草裹此乾糞，頭戴而歸。』即尋取草，裹糞而戴，於其中路，逢天大雨，糞汁流下。」（1 / 46a）後秦竺佛念譯《出曜經》卷 19：「有一旃陀羅兒客，除糞以自存命。」（4 / 710a）《洛陽伽藍記》卷五：「佛入涅槃後二百年來果有國王，字迦尼色迦。出遊城東，見四童子累牛糞為塔，可高三尺，俄然即失。」

【小便】

尿液。此義東漢始見。「願請問太上中古以來，諸相教為道者，反多有去家棄親，捐妻子；反多有乞匃，癡狂詳欺，食糞飲小便。」（卷 117 / 天咎四人辱道誡 / p664）「悉作孝養親，續嗣有妻子，正形容，不癡狂、食糞飲小便也。」（卷 117 / 天咎四人辱道誡 / p665）

湯用彤指出：「按《後漢書・方技傳》，甘始、東郭延年、封君達三人者，方士也，或飲小便，或自倒懸。政和《政類本草》十九天鼠屎條，陶隱居云，方家不復用，俗不識也。又卷十八豬屎條，陶隱居云，道家用其屎汁。此均可証當時道士方藥，採用糞便。而漢王充《論衡》云，道士劉春燊惑楚王英，使食不清，則此風由來已久矣。然《太平經》於此則痛斥之。」〔註37〕佛教初入中國，也曾依附吸收了這些道術，《太平經》借此批駁反對早期佛教教義。

〔註37〕湯用彤《讀〈太平經〉書所見》，原載北京大學《國學季刊》第五卷第一號，1935 年 3 月。又收入《湯用彤論著之三——湯用彤學術論文集》，中華書局，1983 年，68 頁。

後世文獻多見，《後漢書・方術傳下・甘始》:「或飲小便，或自倒懸。」嵇叔夜《與山巨源絕交書》:「少加孤露，母兄見驕，不涉經學。性復疏嫩，筋駑肉緩，頭面常一月十五日不洗，不大悶癢，不能沐也。每常小便，而忍不起，令胞中略轉乃起耳。又縱逸來久，情意傲散。」唐釋道世《法苑珠林》卷第六十七:「或令身臭，或令眚目，或口中生瘡，或大小便處生瘡，若蟲不瞋則無此病。」宋張君房《雲笈七籤》卷三十二《雜戒忌禳災祈善》:「凡腳汗勿入水，作骨痹，亦作遁疾。久忍小便，脈冷，兼成冷痹。」又卷一百六《許邁真人傳》:「先經患滿，腹中結寒，小便不利。」

【遊放】

遊蕩放縱。「是愚之劇，何可依玄。但作輕薄，銜賣盡財，狂行首罰，無復道理，從歲至歲，不憂家事，遊放行戲，殊不知止。」（卷114／不可不祠訣／p604）

該義殆肇始於《孔子家語・賢君第十三》〔註38〕:「又有士林國者，見賢必進之，而退與分其祿，是以靈公無遊放之士，靈公賢而尊之。」中古其他文獻亦見，漢荀悅《漢紀・昭帝紀》:「縱情遂欲，不顧禮度，出入遊放，不拘儀禁。」晉張華《遊獵篇》:「遊放使心狂，覆車難再履。伯陽為我誡，檢跡投清軌。」南朝梁沈約《宋書・謝靈運傳》:「以為臨川內史，加秩中二千石，在郡遊放，不異永嘉，為有司所糾。」

【正法】

特指執行死刑。《大詞典》首舉元白樸《梧桐雨》第三折:「祿山反逆，皆由楊氏兄妹，若不正法以謝天下，禍變何時得消？」嫌晚。東漢《太平經》已見:「上至縣官，捕得正法，不得久生。與死為比，安得復生？或為鬼神所害。」（卷114／不孝不可久生誡／p598）東漢至元期間的文獻罕見。

【汙辱】

亦作「污辱」、「汙辱」，玷汙。「其人惡，則其學棄，汙辱先師聖賢業，禍

〔註38〕《孔子家語》，或稱《家語》，關於其作者和成書年代，歷來有不同說法。近年的考古發現表明，今本《孔子家語》是有來歷的，早在西漢即已有原型存在和流傳，並非偽書，更不能直接說成是王肅所撰著。它陸續成於孔安國以及與王肅同時的孔猛等孔氏學者之手，經歷了一個很長的編纂、改動、增補過程，是孔氏家學的產物。

及其師，是三大凶也。」（卷 109 / 四吉四凶訣 / p521）「大道乃天也，清且明，不欲見汙辱也。而今學為道者，皆為四毀之行，共汙辱皇天之神道，並亂地之紀，訖不可以為化首，不可以為師法，不可以為父母。」（卷 117 / 天咎四人辱道誡 / p654）「小人甚愚也，甚淹汙辱天道。」〔註39〕（卷 117 / 天咎四人辱道誡 / p660）「天主善，主清明，不樂欲見淹汙辱。」（卷 117 / 天咎四人辱道誡 / p660）

此義東漢首見，再如《漢書・司馬遷傳》：「僕以口語遇遭此禍，重為鄉黨戮笑，汙辱先人，亦何面目復上父母之丘墓乎？」

【尊重】

敬重；重視。「此四時五行天地之神精，見尊重愛，莫不說喜，使人吉利。」（卷 72 / 不用大言無效訣 / p298～299）「其於小人也，不欲尊重其上，反聽邪神詐偽，祆言妄語，是卽為道不成，所以得凶之門戶也，吾不能豫勝記之也。」（卷 98 / 神司人守本陰祐訣 / p440）「或既得入經道，又用心不專一，常欲妄語，辯於口辭，以害人為職，不尊重上，不利愛下。」（卷 98 / 為道敗成戒 / p442）

此義東漢首見，再如《漢書・蕭望之傳》：「望之、堪本以師傅見尊重，上即位，數宴見，言治亂，陳王事。」宋歐陽修《皇從侄博平侯墓誌銘》：「尊重師友，執經問道無倦色。」

【忌諱】

因風俗習慣或迷信，禁忌某些認為不吉利的話和事。「今且不思，心中大煩亂，所言必觸師之忌諱。」（卷 44 / 案書明刑德法 / p104）「知天地常所憂□□，是故下愚不及生冒慚，乃敢前具問，願得知天地神靈其常所大忌諱者何等也？」（卷 45 / 起土出書訣 / p112）「所以使子問是者，天上皇太平氣且至，治當太平，恐愚民人犯天地忌諱不止，共亂正氣，使為凶害，如是則太平氣不得時和，故使子問之也。」（卷 45 / 起土出書訣 / p125）「愚人無道，不避忌諱，遂共犯天地，由不知道德要也。」（卷 97 / 妒道不傳處士助化訣 / p434）

此義東漢首見，再如漢王充《論衡・四諱》：「夫忌諱非一，必託之神怪。」宋羅大經《鶴林玉露》卷三：「今人不達，畏死畏禍，百種忌諱。」

〔註39〕淹汙辱，玷汙。三字同義連文。

【赤子】

喻指百姓，人民。「見之，會當有可以賜之者，不賜則恩愛不下加民臣，令赤子無所誦道，當奈何哉？」（卷65／王者賜下法／p228）再如《漢書‧循吏傳‧龔遂》：「其民困於飢寒而吏不恤，故使陛下赤子盜弄陛下之兵於潢池中耳。」

【掩蓋】

遮蓋。東漢新義。「是猶易之乾坤，不可反也；猶六甲之運，不可易也；猶五行固法，不可失也；猶日月之明，不可掩蓋也；猶若君居上，臣在下，故不可亂也。」（卷44 案書明刑德法／p110）《大詞典》舉明李贄《復焦弱侯書》：「此一等人，心身俱泰，手足輕安，既無兩頭照顧之患，又無掩蓋表揚之醜，故可稱也。」過晚。

【頗】

甚；很。「六為刺喜者，以刺擊地，道神各亦自有典，以其家法，祠神來游，半以類真，半似邪，頗使人好巧，不可常使也，久久愁人。」（卷71／真道九首得失文訣／p284）「有錢財家，頗有儲偫；無錢，財產殫盡，內外盡貧，不能相發。」（卷114／大壽誠／p617）再如《漢書‧王商傳》：「商為外戚重臣輔政，推佑太子，頗有力焉。」《三國志‧魏書‧曹仁傳》：「太祖之破袁術，仁所斬獲頗多。」

【心痛】

極其傷心。此義東漢始見。「其臣謹良，憂其君，正常心痛，乃敢助君平天下也，尚復為其索得天上仙方以予其君也，故其君得壽也。」（卷47／上善臣子弟子為君父師得仙方訣／p139）「天師勿須道，吾念之已苦心痛矣。見人不學，以為小事，安知迺致此乎？」（卷67／六罪十治訣／p251）「吾見天師說事，吾甚驚悕心痛，恐不能自愈。」（卷67／六罪十治訣／p252）「至誠可專念，乃心痛涕出，心使意念主行，告示遠方。」（卷96／忍辱象天地至誠與神相應大戒／p427）「受命有期，安得自在，念之心痛，淚下沾衣，無有解已。」（卷111／善仁人自貴年在壽曹訣／p550）《大詞典》始見例舉許地山《東野先生》，嫌晚。

【丁寧】

細說；囑咐。「天樂其為善，不欲復使其有餘，是四足之人行也。故吾書

復重丁寧，欲使其大覺悟也。」（卷 96 ／忍辱象天地至誠與神相應大戒 ／ p425）「欲知集行書訣也，如其文，而重丁寧，善約束之。」（卷 108 ／要訣十九條 ／ p512）「奉承天文神靈所記，致當遠之，不可自試，試生得生，試死得死，會死不疑。故復丁寧，反覆語之，勿與無知，有小異言。」（卷 112 ／貪財色災及胞中誡 ／ p565）《大詞典》始見例舉《詩・小雅・采薇》「曰歸曰歸，歲亦莫止」漢鄭玄箋：「丁寧歸期，定其心也。」

【垂】

將近，將要。「前得天師言，太平氣垂到，調和陰陽者，一在和神靈，歸俱分處，深惟天師之語，使能反明洞照者，一一而見之，其人積眾多，何以能致此，諸道士能洞反光者，能聚之乎？」（卷 72 ／齋戒思神救死訣 ／ p291）

再如《東觀漢記・韋豹傳》：「今歲垂盡當辟，御史意在相薦。」《晉書・王祥傳》：「祥年垂耳順，固辭不受。」宋蘇軾《祭常山神文》：「今夏麥垂登，而秋穀將槁。」

【左側】

附近，本經中指身旁。〔註40〕《大詞典》始見書證是《搜神記》卷八：「晨有二牛蹊踐狼藉……里中共往視之，皆曰：『此非左側人之素蓄者也。』」據《太平經》，可提前該義項書證。生言：「不敢希望及天左側也，願在無職之處，自力盡忠而已。」（卷 110 ／大功益年書出歲月戒 ／ p530）「是皆實無欺而已，乃豫知天君意所施為者，為上第一之人，可在天君左側。」（卷 110 ／大功益年書出歲月戒 ／ p538）生言：「不敢，乃望在天君左側也，見活而已。但思忠孝，順理盡節，不敢受重賜，但恐無功耳。」（卷 110 ／大功益年書出歲月戒 ／ p538）「故天重善，使得從願，不侵不克如其平，殊能過善，天復增其命年，不危陷是非大恩也。當報何疑，前有大善，所行合天心意，近之左側，惡氣不來。」（卷 110 ／大功益年書出歲月戒 ／ p542）「比如國有忠臣良吏，不離左側。」（卷 111 ／大聖上章訣 ／ p545）「唯諸神省其貪生，不敢去離大神左側。」（卷 111 ／有心之人積行補真訣 ／ p560）

〔註40〕俞理明、顧滿林《東漢佛道文獻詞彙新質研究》釋作「身邊；屬下」，還指出「漢代尚右，尊者的屬下稱左側。」（商務印書館，2013 年，101 頁）

【親近】

長官或天神近旁之人。「今太上有心之人，天之親近，天神所信，但當持心意，常恐惶不失耳。」（卷 111 / 有心之人積行補真訣 / p560）「太上之君見其孝行無輩，著其親近。內外神益敬重之。」（卷 114 / 某訣 / p594）「州復聞知，辟召親近，舉廉茂才，是善所致也。」（卷 114 / 為父母不易訣 / p627）

再如《東觀漢記·鄧閶傳》：「〔鄧閶〕雖得於上，身在親近，不敢自恃，敬之心，彌篤也。」

【陽施】

煥發男子的亢陽之氣。《大詞典》書證為孤證《宋書·五行志五》：「時宦人黃皓專權。按司馬彪說，奄宦無陽施，猶婦人也。」今可據《太平經》提早並補充用例書證。如「故含五性多者象陽而仁，含六情多者象陰而貪，受陽施多者為男，受陰施多者為女，受王相氣多者為尊貴則壽，受休廢囚氣多者數病而早死，又貧極也。」（卷 96 / 忍辱象天地至誠與神相應大戒 / p424）「地生君王凡民萬二千物，悉得陽施，從陰中出，故子得傳於人。」（卷 102 / 位次傳文閉絕即病訣 / p462）再如漢京房《別對災異》：「水中火出何？所謂陰氣溢，亡陽施也，女妃無陽，則敵氣溢至，水中火出。」

【行度】

運行的度數，天體運行的軌跡和位置。《大詞典》書證為《春秋·隱公三年》「王二月己巳，日有食之」晉代杜預注：「日月動物，雖行度有大量，不能不小有盈縮，故有雖交會而不食者，或有頻交而食者。」其實東漢時期的《太平經》中已經出現，如「下上乃得天地之心意，三光為其不失行度，四時五行為其不錯，人民莫不歡喜，皆言善哉，萬物各得其所矣。」（卷 96 / 守一入室知神戒 / p416）

後代用例如《隋書·天文志上》：「馬季長創謂璣衡為渾天儀。鄭玄亦云：『其轉運者為璣，其持正者為衡，皆以玉為之。七政者，日月五星也。以璣衡視其行度，以觀天意也。』」

【習俗】

猶流俗，指世間平庸的人。《大詞典》書證為唐代劉肅《大唐新語·著述》：「〔河上公〕以所注《老子》授文帝，因沖空上天。此乃不經之鄙言，習俗之

虛語。」據《太平經》，可提前該義項書證，如：「故使天地生萬物，皆多本無末，實其咎在失本流就末，失真就偽，失厚就薄，因以為常。故習俗不知復相惡，獨與天法相違積久。」（卷42／四行本末訣／p95）「夫下愚之人，其心常閉塞，實無知，不可復妄假之以凶衰之惡路也，不自知大失天道，相隨為惡以為常，習俗不能自退還也。」（卷49／急學真法／p160～161）

【傷害】

殺害，謀害。《大詞典》書證為韓愈《論捕賊行賞表》：「臣伏見六月八日勑，以狂賊傷害宰臣，擒捕未獲。」據《太平經》，可以提早該義項的始見年代，如「到下古尤益劇，小有欲上書言事，自達於帝王者，比近持其命者輒殺之；不即時害傷，後會更相屬託而傷害之。」（卷86／來善集三道文書訣／p315）「今故言蚑行有知之屬，方在其身者，不待而成事者，無妄殺傷，何乎？主恐忿其君長也。今天太平氣至，當與有德君並力治，無妄傷害，則亂太平之氣，令治憒憒。」（卷93／方藥厭固相治訣／p385）

【委輸】

匯聚。《大詞典》書證為晉代木華《海賦》：「於廓靈海，長為委輸。」據《太平經》，可提前該義項書證，如：「比若倉中之鼠，常獨足食，此大倉之粟，本非獨鼠有也；少（《合校》：少疑當作小）內之錢財，本非獨以給一人也；其有不足者，悉當從其取也。愚人無知，以為終古獨當有之，不知迺萬尸（《合校》：尸疑係戶字之譌）之委輸，皆當得衣食於是也。」（卷67／六罪十治訣／p247）

【無他】

亦作「無它」、「無佗」。猶無恙；無害。《大詞典》書證為《後漢書·隗囂傳》：「若束手自詣，父子相見，保無佗也。」東漢時期的《太平經》中已經出現該詞，如：「夫太中古以來，聖人作縣官，城郭深池，所以備不然，其時默平平無他也。及有不然，小人欲汙亂，君子乃後使民作城郭深池，亦豈及急邪？」（卷72／不用大言無效訣／p296）「積過眾多，太陰主狀，當直法輕重，皆薄領過，人不自知，以為無他。」（卷112／七十二色死尸誡／p568）

後代用例如《後漢書·馬援傳》：「援聞至河內，過存伯春，見其奴吉從西方還，說伯春小弟仲舒望見吉，欲問伯春無它否，竟不能言，曉夕號泣，婉轉

塵中。」宋代王讜《唐語林‧德行》：「儻窀穸不為盜所發，珠必無他。」

【無狀】

謂罪大不可言狀。「人乃甚無狀，共穿鑿地，大興起土功，不用道理，其深者下著黃泉，淺者數丈。母內獨愁恚，諸子大不謹孝，常苦忿忿悃悒，而無從得通其言。」（卷 45／起土出書訣／p114）「夫嚴畏智詐，但可以伏無狀之人，不可以道德降服，而欲為無道者，當下此也。比若雷公以取無狀之人，不可常行也。」（卷 47／服人以道不以威訣／p144）「今尚但為真人舉其綱紀，見其始，使眾人一覺自策之耳，不肯教久德，名為斷絕地之養道，其罪過如此矣。是之為無狀乃死，尚有餘罪，故流後生也，真人知之耶？」（卷 67／六罪十治訣／p245～246）

其他例子如《漢書‧翟方進傳》：「丞相、御史請遣掾史與司隸校尉、部刺史並力逐捕，察無狀者。」《新唐書‧孫伏伽傳》：「臣愚以為賊黨於赦當免者，雖甚無狀，宜一切加原，則天下幸甚！」

【三命】

術數家以受命（又稱正命）、遭命、隨命為「三命」。「長生之道，近在三神，三氣合成乃為人。不成，離散為土，在瓦石同底，破碎在不見之處，不得與全完為比。三命之神，近在心間，何惜何愛，反貪形殘，都市示眾，何時生還。」（卷 112／貪財色災及胞中誡／p565）

《禮記‧祭法》「曰司命」鄭玄注：「司命主督察三命。」孔穎達疏：「案《援神契》云：『命有三科，有受命以保慶，有遭命以謫暴，有隨命以督行。』受命謂年壽也，遭命謂行善而遇凶也，隨命謂隨其善惡而報之。」鮑照《在江陵歎年傷老》詩：「五難未易移，三命戒淵抱。」

唐宋以後，星命術士以人生辰之年、月、日所屬干支推算命數，亦稱「三命」。宋孔平仲《孔氏談苑‧陳靖附婢子語》：「為吏部員外郎，曉三命，自言官高壽長。」宋洪邁《夷堅志補‧汴岸術士》：「適術士過前，共坐旅舍，詢其技，曰：『能論三命。』乃書年月日時示之。」

【年命】

年壽命運，指懷胎時，各人所稟承天地之氣有厚薄，所以生命有壽夭久暫。《大詞典》書證為宋代王讜《唐語林‧補遺一》：「遂同訪之，問元素年命，

謂之曰：『公亦富貴人也。』」《太平經》多有所見，「見師說無極，乃敢具問天地開闢以來，帝王更相承負愁苦，天災變怪訖不絕，何以除之。又眾神無故共害人，人不得竟其年命，以何止之。」（卷 102 / 神人自序出書圖服色訣 / p459）「行善可盡年命，行惡失長就短。」（卷 111 / 有德人祿命訣 / p549）「故天下有聖心大和之人，使語其意，令知過之所由從來，各令自改。乃為人壽從中出，不在他人。故言司命，近在胸心，不離人遠，司人是非，有過輒退，何有失時，輒減人年命。」（卷 114 / 見誠不觸惡訣 / p600）「故置凶神隨之，不孝惡逆之人移，令人重禁，罪至禍重，不見貰時。想民當如是，何為犯之，自致不壽，亡其年命乎？」（卷 114 / 大壽誡 / p616）

「三命說到了漢世，成為當時社會的普遍信仰，漢代的學者，如西漢董仲舒、嚴君平、東漢班固、王充、王符、趙岐、鄭玄等人的作品，以及漢代讖緯書中，都曾談到三命；司命主察三命，為漢人說命的共識，也是初期道教善惡報應論的主體。」〔註41〕三命為：正命、隨命、遭命。正命又可細分為年命與祿命。

【悗悗】

同「恍恍」，模模糊糊，朦朧不清的樣子。如「元氣與自然太和之氣相通，並力同心，時悗悗未有形也，三氣凝，共生天地。」（卷 48 / 三合相通訣 / p148）「今為子條訣之，亦不可勝豫具記，自思其意，其上三九二十七者，可以度世；其中央三九二十七者，可使真神吏；其下三九二十七者，其道多耶，其神精不可常使也。令人惚惚悗悗，其中時有不精之人，多失妄語，若失氣者也。」（卷 71 / 真道九首得失文訣 / p282）《大詞典》始見書證舉唐李白《草書歌行》：「悗悗如聞神鬼驚，時時只見龍蛇走。」過晚。

【供養】

贍養，侍奉。「夫子何男何女，智賢力有餘者，尚乃當還報復其父母功恩而供養之也。」（卷 35 / 分別貧富法 / p35）「天地乃是四時五行之父母也，四時五行不盡力供養天地所欲生，為不孝之子，其歲少善物，為凶年。」（卷 96 / 六極六竟孝順忠訣 / p406）

《漢書·翟方進傳》：「身既富貴，而後母尚在，方進內行修飾，供養甚篤。」

〔註41〕蕭登福《道家道教與中土佛教初期經義發展》，上海古籍出版社，2003 年，10 頁。

《法苑珠林》卷第四十九：「佛言，謂受父母身體，乳哺育養之恩，或從地積珍寶，上至二十八天，悉以施人，不如供養父母，是為父母力。」

【冤結】

猶冤屈。「見子惓惓，日致善也，故與子深語，道天地之意，解帝王之所愁苦，百姓之冤結，萬物之失理耳。」（卷 47 / 上善臣子弟子為君父師得仙方訣 / p138）「所以然者，其治理人不知，或有大冤結，而畏之不敢言者，比若寇盜賊奪人衣服也，人明知其非而不敢言，反善名字為將軍上君，此之謂也。」（卷 47 / 服人以道不以威訣 / p144）「是吾文大信，不力行以解冤結，天道安能默空相應乎？」（卷 49 / 急學真法 / p165）

《漢書・于定國傳》：「民多冤結，州郡不理，連上書者交於闕廷。」《後漢書・光武帝紀上》：「將殘吏未勝，獄多冤結，元元愁恨，感動天氣乎？」

【頑鈍】

愚昧遲鈍。「愚生今受性頑鈍，訖能不解何謂也，願聞之。」〔註 42〕（卷 117 / 天咎四人辱道誡 / p655）

漢班固《白虎通・辟雍》：「頑鈍之民，亦足以別於禽獸而知人倫。」《三國志・吳書・諸葛騰二孫濮陽傳》：「今以頑鈍之姿，處保傅之位，艱多智寡，任重謀淺，誰為唇齒？」《後漢書・竇融列傳》：「臣融年五十三。有子年十五，質性頑鈍。臣融朝夕教導以經藝，不得令觀天文，見讖記。」

【輕薄】

輕佻浮薄。「無義之人，不仁之子，不用道理，罵天擊地，不養父母，行必持兵，恐畏鄉里，輕薄年少，無益天地之化，反為大害，並力計捕，捐棄溝瀆，不得藏埋。」（卷 73～85 / 闕題 / p302）「是愚之劇，何可依玄。但作輕薄，衒賣盡財，狂行首罰，無復道理，從歲至歲，不憂家事，遊放行戲，殊不知止。」（卷 114 / 不可不祠訣 / p604）「汝父少小，父母不能拘止，輕薄相隨，不顧於家，劫人彊盜，殊不而自休止，縣官誅殺，遊於他所，財產彌盡，不而來還故鄉，久在異郡，不審所至，死生不可得知也。」（卷 114 / 大壽誡 / p617）

中古其他文獻亦見。《漢書・地理志下》：「其俗愚悍少慮，輕薄無威。」

〔註 42〕標點據《正讀》。

《潛夫論·述赦第十六》:「輕薄惡子,不道凶民,思彼姦邪,起作盜賊,以財色殺人父母,戮人之子,滅人之門,取人之賄,及貪殘不軌,凶惡弊吏,掠殺不辜,侵冤小民,皆望聖帝當為誅惡治冤,以解蓄怨。」《魏書·列傳第四十七》:「寶夤謂密欲取己,彌以憂懼。而長安輕薄之徒,因相說動。」《文選》卷二十三《詠懷詩十七首》:「輕薄閒遊子,俯仰乍浮沉。捷徑從狹路,窘勉趣荒淫。」

【僥倖】

意外獲得成功或免除災害,猶幸運。「真人言:『吾生有祿命邪,僥倖也,迺得與神人相遭逢。』」(卷 71 / 致善除邪令人受道戒文 / p288～289)「如是誠僥倖,甚得大分,不敢有小不稱者也。」(卷 110 / 大功益年書出歲月戒 / p530)「每見人有過,復還責己,不知安錯,思見義文,及其善戒,祿命僥倖,逢天大神戒書文,反覆思計,念之過多,無有解已。」(卷 111 / 善仁人自貴年在壽曹訣 / p550)「恐見為大神所非,蒙恩自僥倖得寵,為得恩分畢足,但惜未及重報施,唯大恩假忍蘇息之。」(卷 114 / 天報信成神訣 / p608)

中古其他文獻亦見。漢王符《潛夫論·述赦》:「或抱罪之家,僥倖蒙恩,故宣此言,以自悅喜。」《魏書·列傳第三十九》:「功成事立,不徒然矣。與夫苟要一戰之利,僥倖暫勝之名,豈同年而語也!」《魏書·列傳第四十八》:「有罪必罰,罰必當辜,則雖箠撻之刑,而人莫敢犯也。有制不行,人得僥倖,則雖參夷之誅,不足以肅。」

【不如】

不像;不符。「神有尊卑,上下相事,不如所言,輒見疏記。」(卷 56～64 / 闕題 / p212)「如是者,所謂得天心意矣。不如吾文言,復枉急其刑罰,災日多,天不悅喜。」(卷 92 / 萬二千國始火始氣訣 / p376)大神言:「何惜禁戒乎?想自深知之,辭令各自吐寫情實,但恐不如所言;且復諦之,計從心出,宜復熟念。」(卷 110 / 大功益年書出歲月戒 / p536)

再如《後漢書·逸民傳·周黨》:「不如臣言,伏虛妄之罪。」明葉盛《水東日記·司馬歐陽兩公薦士》:「呂惠卿未達時,歐陽公以學者罕能及,告之於朋友,以端雅之士薦之於朝廷,且云:『後有不如,甘與同罪。』」

【大忌】

重要的禁忌。「但各不得犯天地大忌，所奉所得，當合天意，文書相白，上至天君，天君得書，見其自約束分明。」（卷 56～64 / 闕題 / p212）「是故上士得之大喜，不而自禁為也；中士得之，不而自止，常悅欲言也；下士見之，是其大忌也。」（卷 96 / 守一入室知神戒 / p410）再如《後漢書・隗囂傳》：「〔莽〕冥昧觸冒，不顧大忌。」

【窮竟】

1. 盡。「故真道閉而不通，令人各自輕忽，不能窮竟其天年，其大咎過，乃由此也。」（卷 49 / 急學真法 / p160）「平道之，子既為天問事，當窮竟，不得中棄而止也。」（卷 69 / 天讖支干相配法 / p261）「吾書為道，所能窮竟人志，使人賢不肖各盡其才，至死無可復悔者，乃各盡其天命也。」（卷 73～85 / 闕題 / p309～310）《大詞典》始見書證舉唐元稹《泛江翫月》詩序：「攀月泛舟，窮竟一夕。」

2. 深入研究。「凡人學，而窮竟其可求學者，是也。」（卷 70 / 學者得失訣 / p278）《大詞典》始見書證舉《論衡・程材》：「儒生摘經，窮竟聖意。」

【自知】

自然知曉。與今義有別。「古者聖賢迺深居幽室，而自思道德，所及貧富，何須問之，坐自知之矣。」（卷 35 / 分別貧富法 / p30～31）「是故欲知將平與未平，但觀五帝神平與未，足以自明，足以自知也。」（卷 93 / 敬事神十五年太平訣 / p400）

再如《漢書・董仲舒傳》：「臣聞良玉不瑑，資質潤美，不待刻瑑，此亡異達巷黨人不學而自知也。」《論衡・實知》：「不學自知，不問自曉，古今行事，未之有也。」

【全人】

保全人的身體和生命。「有身且自忽，不能自養，安能厚養人乎哉？有身且不能自愛重而全形，謹守先人之祖統，安能愛人全人？」（卷 37 / 試文書大信法 / p56）

漢荀悅《漢紀・成帝紀》：「今之除肉刑者本欲以全人也。今去髡鉗一等，

轉而入於大辟，以死罔民，失其本意矣。」亦指保全百姓。《後漢書・郅惲傳》：
「昔伊尹自鬻輔商，立功全人。」

【五性】

指仁、義、禮、智、信。「故含五性多者象陽而仁，含六情多者象陰而貪，
受陽施多者為男，受陰施多者為女，受王相氣多者為尊貴則壽，受休廢囚氣多
者數病而早死，又貧極也。」（卷96 / 忍辱象天地至誠與神相應大戒 / p424）

再如漢班固《白虎通・情性》：「五性者何？謂仁、義、禮、智、信也。」
明宋濂《默齋銘》：「維人之生，內則五性七情，外則三綱六紀。」清惲敬《讀
〈大學〉二》：「人之心，五性主之，曰仁、曰義、曰禮、曰智、曰信。」

【考問】

考查詢問。「悔過棄兵閤第七：生於窮里，希有聞覩，不知善惡，有過天
下，行不合天；賴有明君，使我就善，少不知學，長乃悔之，使善人賢士以五
尺柱高，卒有去閤，學者當考問之，一旦民皆為善矣。」（卷 73～85 闕題 /
p302）「夫天下變怪災異，皆象其事，法其行，緣類而生，眾賢共集議，思之
曠然如其意，以其事類考問之，則得之矣。」（卷 86 / 來善集三道文書訣 /
p326）再如《漢書・董仲舒傳》：「臣願陛下興太學，置明師，以養天下之士，
數考問以盡其材，則英俊宜可得矣。」

【心意】

思慮；想法。「夫天不掩人之短，太古聖人不為也，名為暗昧政，反復致凶，
不得天地心意，故先示之也。」（卷 35 / 興善止惡法 / p41）「然，子固固不信吾
言邪？子自若未善開通，知天心意也。」（卷 44 / 案書明刑德法 / p104）再如
《漢書・趙充國傳》：「使虜聞東方北方兵並來，分散其心意。」

【平國】

治國。「大人得之以平國，中士得之為良臣，小人得之以脫身。」（卷 55
/ 知盛衰還年壽法 / p211）「上士用之以平國，中士用之以延年，下士用之以
治家。」（卷 154～170 / 太平經鈔癸部 / p728）《大詞典》該義孤證《公羊傳・
隱公元年》：「公將平國，而反之桓。」何休注：「平，治也。」可補。

【國家】

猶言「官家」，指皇帝。「今吾所與子道畢具，迺能使帝王深得天地之歡心，天下之羣臣徧說，跂行動搖之屬莫不忻喜，夷狄却降，瑞應悉出，災害畢除，國家延命，人民老壽。」（卷 46／道無價却夷狄法／p127）「民者，職當主為國家王侯治生。」（卷 69／天讖支干相配法／p264）「庚者屬乙，是國家諸侯王之堮也。壬者屬丁，是帝王女弟之堮也。癸者屬戊，是國家太皇后之婦家也。」（卷 69／天讖支干相配法／p266）

再如《東觀漢記‧祭遵傳》：「國家知將軍不易，亦不遺力。」《晉書‧陶侃傳》：「國家年小，不出胸懷。」

除上面所談，《太平經》中的東漢新義還有很多，詳見附錄 2。

本章探討了《太平經》中的一些新詞新義，這些新詞新義有的是《大詞典》失收，有的是《大詞典》例證晚於《太平經》，有的是《大詞典》引例與《太平經》同時代。《太平經》中這些新詞新義，具有以下幾個特點：

1. 新詞及新義大多為雙音詞。一般認為先秦時期漢語開始出現複音化的趨勢，但真正走上複音化道路是在西漢以後。《太平經》中東漢詞彙的發展，已經是以雙音詞的大量產生為主要手段了，單音詞在詞彙發展中已退居次要地位。據本人統計，《太平經》中出現了 1110 個東漢新詞彙，雙音節詞有 1023 個〔註43〕，占新詞總數的 92%。其中聯合式、偏正式最多。

從而可以證明，中古所產生的新詞絕大多數為雙音詞。雙音化一方面符合漢語的韻律，誠如馮勝利所言：「韻律對漢語構詞的制約表現為：複合詞必須首先是一個韻律詞，因而也就必須是兩個音節。這就是在漢語中雙音詞佔詞彙系統的主體地位的原因。」〔註44〕另一方面，雙音化能夠有效抑制單音節詞多義性的過度發展。

2. 王力指出：「所謂新創詞語，嚴格說來，是不存在的。一切新詞都有它的歷史繼承性；所謂新詞，實際上無非是舊詞的轉化、組合，或者向其他語言的借詞，等等。」〔註45〕《太平經》新詞的產生方式主要是通過同義連文

〔註43〕 林金強認為《太平經》中共有 647 個雙音新詞。(《〈太平經〉雙音詞研究》，華南師範大學 2003 年碩士學位論文，第 6 頁) 其統計數量過少。

〔註44〕 馮勝利《論漢語的「韻律詞」》，原載《中國社會科學》1996 年第 1 期，轉引自董秀芳《詞彙化：漢語雙音詞的衍生和發展‧緒論》，四川民族出版社，2002 年，5 頁。

〔註45〕 王力《漢語史稿》，中華書局，1980 年，579 頁。

〔註46〕，這與中古漢語的整體發展面貌是一致的〔註47〕。另外，還有通過詞語重疊的方式（如「真真」、「小小」、「久久」等）、增加詞綴的方式（如「猶復」、「乃復」、「當復」）等而產生的。

3. 《太平經》中的新詞，從內容上來看，大部分並非道教的語詞，而據梁曉虹的考察：「佛經中新詞從內容上蓋可分為兩大類，一類同教義有關，占新詞中大宗；一類是非佛教的語詞。」〔註48〕究其原因，《太平經》是中國道教初創時期的經典，一方面教義教理的發展根本談不上完善，另一方面，道教作為本土宗教，不存在翻譯的問題，也就沒有必要去新造一些生僻的詞語。

4. 相對而言，《太平經》中新詞的數量要遠遠多於新義的數量。《太平經》中出現了 1110 個東漢新詞彙，455 個東漢新義〔註49〕。單音詞在上古漢語中佔絕對優勢，詞彙的發展以單音詞的產生或多義化為主要途徑，然而詞義過於複雜不利於交際，會造成交際的含混與歧義。在此情況下，語言為了適應社會交際的要求，更喜歡創造新詞，而非為舊詞增加新義，因為一個詞若其所承擔的義項太多，不符合語言的經濟性。

5. 據有關研究，「一般認為，先秦兩漢漢語詞彙以單音詞為主，詞彙的發展也以單音詞的多義化為主，而以新詞（主要也是單音詞）的出現為輔。」〔註50〕根據本書對《太平經》中新詞新義的考察，發現未必盡然，《太平經》詞彙的發展以雙音詞為主，主要表現為雙音節新詞的大量產生，單音詞的多義化卻為輔。

6. 新詞新義中有不少是口語詞、口語義，而且多為後代所繼承，它們首先活躍在口語中，然後進入到書面語，有些直到現代漢語中還很常用，如「增

〔註46〕據王敏紅考察：「《太》中的複音詞非常多，其中大量的複音詞由同義詞、近義詞連文而成，據筆者粗略統計，此類雙音節複音詞就有 1732 個，而三字連文則有 151 個。」（王敏紅《從〈太平經〉看三字連文》，《寧夏大學學報》2004 年第 1 期，5 頁。）
〔註47〕方一新指出：「研究表明，並列式是最能產的雙音詞構詞方式，在中古時期大量產生的雙音詞當中，由並列式構成的新詞比重最大。」（《東漢魏晉南北朝史書詞語箋釋・前言》，18 頁。）
〔註48〕梁曉虹《佛教詞語的構造與漢語詞彙的發展》，71 頁。
〔註49〕林金強認為：「在《太》書共有 79 個雙音詞先秦和西漢已見，而在《太》書中產生了新義，這些詞的新生義，一是因引申而產生的新義，一是修辭原因而產生的新義。」（《〈太平經〉雙音詞研究》，華南師範大學 2003 年碩士學位論文，第 24 頁）其統計數量過少。
〔註50〕轉引自萬佳才《東漢副詞系統研究》，48 頁。

加」、「減少」、「長大」、「錯亂」、「改正」、「努力」、「大綱」、「不但」、「上旬」等；「離」（距離；相距）、「糞」（屎）、「小便」（尿液）、「忌諱」（因風俗習慣或迷信，禁忌某些認為不吉利的話和事）、「平均」（均勻）、「滿意」（意願得到滿足）、「成器」（成為有用的人材）、「不同」（不相同；不一樣）、「算計」（考慮；打算）等。這些詞表現出了持久的生命力。

第六章 《太平經》常用詞研究

　　王力早在 20 世紀 40 年代就已經提出了常用詞研究這一課題，後來又在《漢語史稿‧詞彙的發展》、《古代漢語‧常用詞》中，對包括若干兩漢詞語在內的常用詞演變作了墾荒式的研究。鄭奠陸續發表《漢語詞彙史隨筆》系列論文，考釋了「覺悟」、「比喻」、「農民」等 30 多個詞語，論述了這些詞的語源、本義、意義的演變、詞形更換等，材料豐富，分析精微，考證周詳。二位先生從詞彙史的角度考察了這些詞語在不同時代的使用演變情況，無疑具有導先路、開風氣之功。可惜嗣響乏人，探討漢語常用詞演變的文章寥寥。

　　直至 80 年代後期，蔣紹愚《古漢語詞彙綱要》重提此話，研究漢語詞彙應當重視詞彙系統及其發展變化的研究，應當重視常用詞演變的研究。90 年代中期，張永言、汪維輝《關於漢語詞彙史研究的一點思考》一文提出詞彙史有別於訓詁學，二者不應混為一談；將主要興趣和力量集中於疑難詞語考釋的現狀亟須改變，常用詞演變的研究應當引起重視並放在詞彙史研究的中心位置。「不對常用詞作史的研究，就無從窺見一個時期的詞彙面貌，也無從闡明不同時期之間詞彙的發展變化，無從為詞彙史分期提供科學的依據。」〔註1〕「使疑難詞語考釋與常用詞語發展演變的研究齊頭並進，相輔相成，從而逐步建立科學的漢語詞彙史。」〔註2〕這篇文章對漢語詞彙史研究來說，具有里程碑意義，對今

〔註1〕 張永言、汪維輝《關於漢語詞彙史研究的一點思考》，《中國語文》1995 年第 6 期。
〔註2〕 張永言、汪維輝《關於漢語詞彙史研究的一點思考》，《中國語文》1995 年第 6 期。

後的研究有重要的指導價值，極大地推動了漢語常用詞演變的研究。

此後，常用詞演變研究的專著陸續問世。李宗江《漢語常用詞演變研究》是第一部既有理論又有實踐、對漢語常用詞演變問題進行全面論述的專著。全書分「專題討論」和「個案研究」兩部分，探討了常用詞演變的原因、途徑、方法、意義等問題，頗有新意。汪維輝《東漢—隋常用詞演變研究》是第一部斷代常用詞演變研究的專著，詳細描寫了 41 組常用詞在東漢至隋時期的新舊更替過程，為詞彙史研究提供了豐富的資料，並對常用詞演變問題作了理論上的思考。正如江藍生在汪書《序》中所說：「書中對常用詞演變自身規律的探求、對常用詞歷史演變基本類型的歸納以及對判斷新詞替換舊詞的標準的設定等，都很有見解，多所創獲。」〔註3〕

李宗江指出，常用詞交替性演變研究的方法，根據對研究對象考察的歷史跨度，可以分為通史性的研究、斷代性的研究和專書性的研究〔註4〕。當前，漢語史專書常用詞的研究相對比較薄弱，涉及有關專書常用詞的論著主要有汪維輝的《〈周氏冥通記〉詞彙研究》〔註5〕、《試論〈齊民要術〉的語料價值》〔註6〕、《〈說苑〉與西漢口語》〔註7〕，董志翹的《〈入唐求法巡禮行記〉詞彙研究》〔註8〕，化振紅的《〈洛陽伽藍記〉詞彙研究》〔註9〕等。

「常用詞是語言詞彙的核心部分，這些詞的變化是詞彙系統的一種深層次變化，對我們研究漢語詞彙史具有重要的意義。」〔註10〕常用詞在一定程度上可反映語料的口語化程度，「文言文獻與白話文獻各有自己的詞彙系統，常用詞則是詞彙系統的核心。文獻的口語化程度不同，必然會在常用詞的使用上體

〔註3〕 江藍生《東漢—隋常用詞演變研究·序》，汪維輝著，南京大學出版社，2000 年，2 頁。

〔註4〕 李宗江《漢語常用詞演變研究》，漢語大詞典出版社，1999 年，69 頁。

〔註5〕 汪維輝《〈周氏冥通記〉詞彙研究》，《中古近代漢語研究》第一輯，上海教育出版社，2000 年。又收入其所著《漢語詞彙史新探》，上海人民出版社，2007 年。

〔註6〕 汪維輝《試論〈齊民要術〉的語料價值》，《古漢語研究》2004 年第 4 期，又收入其所著《漢語詞彙史新探》，223～240 頁。

〔註7〕 汪維輝《〈說苑〉與西漢口語》，收入《漢語史研究集刊》（第十輯），巴蜀書社，2007 年，16～58 頁。

〔註8〕 董志翹《〈入唐求法巡禮行記〉詞彙研究》第五章第三節「《行記》中常用詞的口語性選擇」，中國社會科學出版社，2000 年，225～237 頁。

〔註9〕 化振紅《〈洛陽伽藍記〉詞彙研究》第七章 7.2「常用詞的選擇及新舊詞義的共融」，中國文史出版社，2002 年，278～291 頁。

〔註10〕 汪維輝《〈周氏冥通記〉詞彙研究》，見《漢語詞彙史新探》，99 頁。

現出來。」〔註11〕

　　有學者曾以具體詞例對比口語程度不同的文言和白話：「就共時的橫的角度而言，從某一時期或某一時期的某一部文獻典籍可看到文言和白話使用的狀貌。如魏晉南北朝時期的漢譯佛經與同時期其他文獻相比，漢譯佛經多是用白話詞彙，其他文獻多使用文言詞彙。如表示『燃燒』義，漢譯佛經多用『燒』，其他文獻多『焚』（陳秀蘭，2004）；介詞『自從』，漢譯佛經多用『從』，其他文獻多用『自』；表示『滿』義，漢譯佛經多用『滿』，其他文獻多用『盈』；表示『眼睛』義，漢譯佛經多用『眼』，其他文獻多用『目』；表示『眼淚』義，漢譯佛經多用『淚』，其他文獻多用『涕』；表示程度很深的副詞，漢譯佛經多用『最』、『甚』、『大』、『極』，其他文獻多用『甚』、『至』、『深』。」〔註12〕這些常用詞的例子使我們對魏晉南北朝時期漢譯佛經與同時期其他文獻的口語程度有了更為直觀的認識。

　　《太平經》中的常用詞與當時正統文言相比，已經有了明顯差別，一批新興的口語常用詞被經常性地使用，這是此書語言反映當代口語的最重要的方面。但由於以前對常用詞歷時演變研究的意義認識不夠，《太平經》在這方面的價值尚未引起普遍關注。本章擬對《太平經》中幾組常用詞的替換演變情況予以考察，並對部分現代漢語常用詞進行溯源。

第一節　《太平經》中常用詞的口語性選擇

首──頭

　　「腦袋」之義上古主要用「首」，戰國中末期開始「頭」的使用漸趨活躍，《呂氏春秋》、《淮南子》中「頭」之代「首」的情況已很明顯，《史記》、《漢書》因其正史的性質，「首」的絕對數量大於「頭」，但「頭」表現出的組合能力明顯高於「首」，再加上《論衡》、《說文解字》等書中的使用可以證明，在口語中，西漢初期、《史記》時代「頭」應該已經代替了「首」。〔註13〕

〔註11〕陳秀蘭《魏晉南北朝文與漢文佛典語言比較研究》，浙江大學 2003 年博士後出站報告，50 頁。

〔註12〕徐時儀《漢語白話發展史》，北京大學出版社，2007 年第一版，269～270 頁。

〔註13〕王彤偉《〈史記〉同義常用詞先秦兩漢演變淺探》，陝西師範大學 2004 年碩士學位論文，41 頁。

　　《太平經》中「首」共 53 見，其中表「頭，腦袋」義共 40 見，其構成的
組合關係主要有：稽首、端首、統首、化首、上首、首端、首尾、談首、白首、
元首。「頭」共 44 見，構成的搭配關係有：頭面、頭足、頭首、頭頂、頭髮、
祖頭、上頭、頭中、搖頭、叩頭、頭尾、頭眩目冥、交頭耳語等，例如：

（1）又人生皆含懷天氣具迺出，頭圓，天也；足方，地也；四支，四
　　　時也；五藏，五行也。（卷 35 分別貧富法／p36）

（2）然，夫人將聞密言者，必心不自知前也。頭面相近，傍人知之，
　　　令為言者得害矣。（卷 35／興善止惡法／p41）

（3）行，書多悉備，頭足腹背，表裏悉具，自與眾賢共案之，勿復問。
　　　（卷 37／試文書大信法／p57）

（4）凡事之頭首，神靈之本也，故得其本意者，神靈不復戰怒而行害
　　　人也。（卷 50／去浮華訣／p176）

（5）三百六十脈者，應一歲三百六十日，日一脈持事，應四時五行
　　　而動，出外周旋身上，總於頭頂，內繫於藏。（卷 50／灸刺訣
　　　／p179）

（6）故三皇者，其祖頭也；五帝者，其中興之君也；三王者，其平平
　　　之君也；五霸者，是其末窮劣衰，興刑危亂之氣也。（卷 66／三
　　　五優劣訣／p236）

（7）夫五行者，上頭皆帝王，其次相，其次微氣。（卷 69／天讖支干
　　　相配法／p274）

（8）此者，無形象之法也，亦須得師口訣示教之，上頭（上頭，位次
　　　在先的）壹有關知之者，遂相易，曰（曰，當作日）為其易致易
　　　成。〔註14〕（卷 72／齋戒思神救死訣／p293）

（9）三為數度者，積精還自視也，數頭髮下至足五指，分別形容，身
　　　外內莫不畢數。〔註15〕（卷 71／真道九首得失文訣／p282）

（10）夫古者聖賢之設作梳與枇，以備頭髮亂而有蝨也。夫人生而不櫛，

〔註14〕句讀據《正讀》。
〔註15〕句讀據《正讀》。

頭亂不可復理，蟣蝨不可復得困；乃後求索南山善木及象骨奇物
可中櫛者，使良工治之，髮已亂不可復理，頭中之蝨，不可勝數，
共食人，頭皆生瘡矣；然後得梳與枇，已窮矣。（卷 72 / 不用大
言無效訣 / p296～297）

（11）夫蚊虻俱生而起飛，共來食人及牛馬，牛馬搖頭蹋躚，不能復
食，人者大愁且死，無於止息，然後求可以厭御之者，已大窮
矣。（卷 72 / 不用大言無效訣 / p297）

（12）今欲解此過，常以除日於曠野四達道上四面謝，叩頭各五行，先
上視天，迴下叩頭於地。（卷 97 / 妒道不傳處士助化訣 / p432）

（13）故使人主為作羽翼，開導頭尾，成其所為城郭，倬然可知。（卷
110 / 大功益年書出歲月戒 / p542）

（14）未及賤穀之鄉，飢餓道傍，頭眩目冥，步行狂狂，不食有日，餓
死不見葬。（卷 112 / 有過死謫作河梁誡 / p575）

（15）銜賣所有，更為主賓，酒家箕踞，調戲談笑，歌舞作聲，自以為
健，交頭耳語，講說是非，財物各盡，更無以自給。（卷 114 / 不
孝不可久生誡 / p597）

通過對比發現，「頭」在出現頻次上比「首」高，搭配能力也比「首」強，
主要表現在以下幾個方面：

1.「首」在本經中不能單獨用作句子或分句主語，「頭」可單獨用作主語，
且用例較多。

2. 從構詞能力強弱來說，「首」構成的複音詞有 10 個，「頭」構成的複音詞
有 12 個。「首」構成的組合多為前代的一些固定搭配，如「稽首」、「白首」、「元
首」等。漢代新詞僅「端首」、「統首」、「化首」、「上首」、「首端」。「頭」構成
的搭配僅「叩頭」見於《史記》，其他都是新生語詞，如「頭首」、「頭頂」、「頭
髮」、「祖頭」、「上頭」、「搖頭」、「頭眩目冥」、「交頭耳語」等〔註16〕。

3. 在與其他身體器官對舉時，基本都用「頭」而不用「首」，如「頭面」、

〔註16〕據化振紅研究，《洛陽伽藍記》中「頭」出現的次數已經是「首」的兩倍左右。用
作「腦袋」義時，兩者構成同義關係，使用頻率接近，構詞能力相差無幾，但「首」
較多地承襲了先秦典籍的用法，而「頭」相對來說更多地用來構成未見於先秦典籍
的新詞。（《洛陽伽藍記詞彙研究》，281～282 頁。）

「頭足」。

4.「頭」構成的「頭頂」、「頭髮」、「上頭」、「搖頭」、「頭眩目冥」、「交頭耳語」等都是非常口語化的表達，形象直白，通俗易懂，尤其是「頭眩目冥」、「交頭耳語」這種近乎熟語的用法。而「首」構成的「端首」、「首端」、「統首」、「化首」等卻是比較文言的表達。

5.「頭」構成的「上頭」已經比較抽象，逐步虛化。

6. 作為一對意義相近的反義詞，「頭足」比「首尾」更接近白話。

方一新指出：「新詞的產生、舊詞的消亡、常用詞的更替，都可以從詞語搭配變化方面得到反映。」〔註17〕從以上對「首／頭」的分析，我們可以看到，作為新興詞語的「頭」，其組合能力遠遠高於舊詞「首」。

盈──滿

「盈」、「滿」都可用以表示「滿、充滿」之義。《說文·皿部》：「盈，滿器也。」段注：「滿器者，謂人滿寧（貯）之。」《說文·水部》：「滿，盈溢也。」

表示「滿」義，《太平經》「滿」共38見，使用頻繁，可單獨作謂語，如：

（1）人生皆具陰陽，日月滿乃開胞而出戶，視天地當復長，共傳其先人統，助天生物也，助地養形也。（卷35／分別貧富法／p36）

（2）真人到期月滿，出此書宜投之開明之地。（卷39／解師策書訣／p65～66）

（3）子功滿得上天，自往觀見之，吾言乃大效矣。（卷117／天咎四人辱道誡／p659）

（4）此人年未滿，期未至，請至期教其所報謝。（卷110／大功益年書出歲月戒／p534）

（5）大神則案其人，年已滿；失脫不白無狀，當坐伏須辜誅。（卷114／有功天君勅進訣／p612）

（6）年滿行成，生者攝錄，令有保者乃上之。所以然者，其壽難待重

〔註17〕方一新《詞語搭配變化研究──以隋前若干動詞與名詞的搭配變化為例·序》，張詒三著，齊魯書社，2005年，3頁。

之，故今保者過並責。（卷111／善仁人自貴年在壽曹訣／p552）

按：「年滿」這一結構多次出現，達6次之多。

（7）使民用其言，家無大小，能食穀者晨夜盡日相勸，及澤布種，天為長大，時雨風搖，枝葉使動，成其身日滿，當熟以給人食，恩不重邪？（卷114／大壽誡／p616）

（8）歲月旦滿，勅天大倉守神，斷有形之物，稟天大倉氣食消化，令輕化神靈，出窈入冥，乃上姓名，不在簿中。（卷111／善仁人自貴年在壽曹訣／p553）按：此句「旦」，《正讀》409頁認為當作「日」；其他三個注本都解釋為「一旦」。

「滿」也可加名詞賓語，既有具體名詞，如：

（9）今積穀乃滿倉，可以備飢餓也。（卷72／不用大言無效訣／p295）

（10）文書滿室，而不能理平其治，又何益於政乎？（卷98／核文壽長訣／p446）

（11）臣子滿朝，而不能為君致太平，樂其上，又何益於帝王乎？（卷98／核文壽長訣／p446）

（12）臣子滿朝廷，中有能樂其君、助其君致太平者，是帝王之真臣良吏也，其餘者佐職之臣子也。（卷98／核文壽長訣／p446）

（13）枉行所不及，反自譽滿口。（卷112／衣履欲好誡／p580）

（14）可無久苦自愁，令憂滿腹。復有憂氣結不解，日夜愁毒大息，念在錢財散亡，恐不得久保。（卷114／大壽誡／p617）按：「滿口」「滿腹」這兩個詞語特別值得注意，它們是東漢新興的口語詞，生動形象。《大詞典》「滿口」的「滿嘴，滿口腔」義項無合適書證，可為補。

又可帶抽象名詞賓語，如：

（15）三百六十日，大小推算，持之不滿分數，是小月矣。（卷56～64／闕題／p213）

（16）故賢聖之教，辭語滿天下也。（卷67／六罪十治訣／p253）

（17）其為道者，取訣於入室外內批之。滿日數，開戶入視之，於其內白批者，勿入視也；其內不自批者，卽樂人入視之也。（卷 108／要訣十九條／p510）

（18）辭復小止，使念其後。有不滿意，乃復議之。（卷 114／不孝不可久生誡／p599）

（19）慎之且止，止復有所思，思後不足，不滿意者復申理。（卷 114／見誡不觸惡訣／p603）按：「滿意」的「意願得到滿足」義項，《大詞典》書證為王充《論衡·佚文》：「奏記長吏，文成可觀，讀之滿意，百不能一。」這是東漢新生口語用法，抽象化程度已經比較高。

亦有加代詞賓語的用法，如：

（20）令帝王垂拱而無可治，上善之人滿其朝，忠信孝子皆畢備，當以何致之乎？（卷 49／急學真法／p157）

還可放在動詞後面，組成述補結構〔註18〕，如：

（21）動不失其法度數，萬物自理，近在胷心，散滿四海。（卷 68／戒六子訣／p258）

（22）但思無極，不敢有不思過須臾也，得見溫言，心志飽滿，大神與生同居，對治無思也。（卷 110／大功益年書出歲月戒／p538）

（23）是德人承天統，成天形，於地以給民食，行恩布施，無不被德，以自飽滿，是天恩非也。（卷 110／大功益年書出歲月戒／p541）

「滿」還可作為構詞語素，組成雙音詞「滿溢」、「盈滿」、「飽滿」等。如：

（24）古今賢聖皆有師，今天師道滿溢，復當師誰乎？（卷 39／解師策書訣／p70）

（25）陽所以獨名尊而貴者，守本常盈滿而有實也；陰所以獨名卑且賤者，以其虛空而無實也，故見惡見賤也。（卷 93／陽尊陰卑訣／p386）

〔註18〕宋亞雲指出「滿NP」在東漢一般不是使動用法，因此「充滿、填滿、塞滿、實滿」就相應可以理解為動結式，而不是動詞並列連用。（《東漢訓詁材料與漢語動結式研究》，《語言科學》2007 年第 1 期。）

與之形成鮮明對比，全書「盈」僅4見，且都在《陽尊陰卑訣》這一篇中，組合也比較單一，只有「盈滿」、「盈餘」兩種形式：

（26）故男所以受命者，盈滿而有餘，其下左右，尚各有一實。上者盈滿而有餘，尚常施與下陰，有餘積聚而常有實。（卷93／陽尊陰卑訣／p386）

（27）陰為女，所以卑而賤者，其所受命處，戶空而虛，無盈餘，又無實，故見卑且賤也。（卷93／陽尊陰卑訣／p386）

汪維輝認為：「口語詞彙進入文學語言有一個『擠入──並存──取代』的過程」〔註19〕，並進一步指出：「常用詞歷時更替過程中，在新詞和舊詞並存的階段，一般都會出現新舊成分的同義連文。」〔註20〕據王彤偉統計：《史記》中「盈」9見，4次表此義；「滿」58見，29次表「滿、充滿」之義。可見到《史記》時代，語言中表示「滿、充滿」之義已主要用「滿」而不是「盈」。〔註21〕通過對《太平經》中「盈」「滿」的對比分析，我們可以說，在東漢中後期的口語中，「滿」已憑藉壓倒的性優勢取代「盈」。〔註22〕

詈──罵

《戰國策·秦策二》：「乃使勇士往詈齊王」高誘注：「詈，罵也。」《書·無逸》：「小人怨汝詈汝。」蔡沈集傳：「詈，罵言也。」《太平經》中「詈」3見，如：

（1）天有知，不肯力學正道，以自窮，見教，反笑之；有能，不肯力學施，見教，反罵詈之；有力，不肯力作，可以致富為仁，反自易懈惰，見父母學教之，反非之。（卷67／六罪十治訣／p256）

（2）見人窮困往求，罵詈不予；既予不即許，必求取增倍也；而或但

〔註19〕汪維輝《東漢—隋常用詞演變研究》，39頁。
〔註20〕汪維輝《東漢—隋常用詞演變研究》，275頁。
〔註21〕王彤偉《〈史記〉同義常用詞先秦兩漢演變淺探》，陝西師範大學2004年碩士學位論文，64～65頁。
〔註22〕據陳秀蘭統計研究：表示充滿義，單音詞，魏晉南北朝文多用「盈」（729），同期漢文佛典多用「滿」（1424）。（《魏晉南北朝文與漢文佛典語言比較研究》，浙江大學2003年博士後出站報告，67頁）其結論也可應証我們的研究，東漢時期口語性很強的《太平經》與魏晉南北朝口語性較強的漢文佛典都較多採用了白話詞「滿」。

一增，或四五乃止。（卷 67／六罪十治訣／p246）

（3）解人怨仇，多施酒脯，甘美自恣，當時為可，後為人所語；輕
口罵詈，呪詛不道，詐偽誹謗；盜人婦女，日夜司候，邀取便
者，賣以自食；衣履欲好，競行鬥辯，不從道理，欲得生活，
何從得久！（卷 112／衣履欲好誡／p580）

《說文·网部》：「罵，詈也。」由互訓可知「詈」、「罵」很早就是一組同
義詞。《說文·言部》王筠句讀云：「詈，見《詩》《書》，是周語也；罵，見《史
記》，是漢語也。」「詈」表罵義在上古時期已經出現，且主要用於上古文獻。
「詈」、「罵」是一對歷時同義詞，有新舊之分。《太平經》中「罵」6 見，「詈」
僅 3 見，且皆以新舊詞連文的形式出現。

「罵」可單用，可作及物動詞，也可作不及物動詞。如：

（4）無義之人，不仁之子，不用道理，罵天擊地，不養父母，行必持
兵，恐畏鄉里，輕薄年少，無益天地之化，反為大害，並力計捕，
捐棄溝瀆，不得藏埋。（卷 73～85／闕題／p302）

（5）反使凡人共罵天，共賤正道，斷絕大化，天甚惡之，道甚疾之，
天上不欲見其形也。（卷 117／天咎四人辱道誡／p662）

（6）端仰成事，口罵呪詛，以地無神，更相案舉，自可而行。（卷 114
／不承天書言病當解謫誡／p623～624）

亦可作為構詞語素，形成雙音詞「罵詈」。單用與合用形式各佔一半，都
是三次。「罵詈」即罵人，用惡語侮辱人，是一個新舊成分的同義連文複合詞。
漢代開始出現了「詈罵」、「罵詈」連言形式，漢賈誼《新書·治安策》：「若夫
束縛之，係緤之，輸之司寇，編之徒官，司寇小吏詈罵而榜笞之，殆非所以令
眾庶見也。」《潛夫論》卷五：「小民守門號哭啼呼，曾無怵惕慚怍哀矜之意。
苟崇聚酒徒無行之人，傳空引滿，喁啾罵詈，晝夜鄂鄂，慢遊是好。」不過相
對於「罵詈」，「詈罵」一直處於弱勢地位。據陳秀蘭統計研究，表示辱罵義，
單音詞，魏晉南北朝文與同期漢文佛典均主要用「罵」；雙音詞，魏晉南北朝
文主要用「罵詈」（6），同期漢文佛典主要用「罵詈」（93）「罵辱」（43）「呵
罵」（26）三個〔註23〕。我們利用《四部叢刊》光盤檢索發現，「詈罵」僅 5 見，

〔註23〕陳秀蘭《魏晉南北朝文與漢文佛典語言比較研究》，57 頁。

而「罵詈」卻有 100 見，《大詞典》失收「罵詈」這一用例頗多的常用詞實屬不該。

同時，我們調查了《十三經》，發現「詈」4 見，「罵」僅 1 見，見於《左傳·昭公二十六年》：「冉豎射陳武子，中手，失弓而罵。」先秦諸子文獻中，《韓非子》「詈」3 見，《荀子》2 見。「罵」從漢代開始用例漸多，並開始佔據壓倒性優勢，《史記》中「罵」25 見，而「詈」僅 2 見；《論衡》「罵」5 見，而「詈」未見；《前漢紀》「罵」16 見，而「詈」僅 1 見；《漢書》「罵」28 見，「詈」12 見；《後漢書》「罵」24 見，「詈」11 見；《三國志》「罵」32 見，而「詈」僅 7 見。漢代揚雄《方言》注釋語都是用「罵」來解釋其他詞語，諸如「臧、甬、侮、獲，奴婢賤稱也。荊淮海岱雜齊之間，罵奴曰臧，罵婢曰獲。」「秦晉之間罵奴婢曰侮。」可見，在當時「罵」已成為一個常用詞。

涕、泣──淚

表示「眼淚」義，上古漢語用「涕」或「泣」，『淚』在戰國時期已經出現……從東漢中期開始，『淚』的使用才明顯地增多。」〔註24〕

經中表示「眼淚」義，「涕」5 見，組合關係有涕出、垂涕；「泣」8 見，組合關係有：泣出、哭泣。二詞的組合能力並不算強。

《太平經》「淚」9 見，如：

（1）天地乃為萬物父母，恐其中有自冤，哭淚仰呼天，俯叩地，而自悲冤得年少。（卷 90 /冤流災求奇方訣/ p341）

（2）但求之不力，至誠淚出感動天，故天不與之耳。（卷 90 /冤流災求奇方訣/ p342）

（3）欲望天報，當自責，懇惻垂淚而行。（卷 110 /大功益年書出歲月戒/ p528）

（4）冀復小久，不敢施惡，更念當行恩德布施，蒙得其理，無有惡言，但見淚耳，感傷於心。（卷 111 /善仁人自貴年在壽曹訣/ p551）

（5）使神見自責悔，人還上天道言，有悔過人啼淚而行，未曾有止

〔註24〕汪維輝《東漢──隋常用詞演變研究》，32～33 頁。

時，恐見不活，以故自責。（卷 111／善仁人自貴年在壽曹訣／p551）

（6）父母念之，常見其獨淚孤相守，無有輔佐之者。（卷 114／不孝不可久生誡／p598）

（7）受命有期，安得自在，念之心痛，淚下沾衣，無有解已。（卷 111／善仁人自貴年在壽曹訣／p550）

（8）財產殫盡，外內盡衰，咎在餘親希疎，素無恩分。不直仰天悲哭，淚下沾衣。（卷 114／大壽誡／p618）

（9）父時為惡，使子無所依止，淚下如行，自無乾時。（卷 114／大壽誡／p618）

「淚」的組合關係有：淚出、垂淚、啼淚、淚下、獨淚等。相對「涕」、「泣」而言，「淚」不但在單詞的使用頻率上佔優勢，且構詞能力更強，並出現了很多類似於習語的固定用法，如「淚下如行」、「淚下沾衣」、「啼淚而行」、「垂淚而行」，在組合關係上表現出明顯的口語性，生動活潑，富於生活氣息，這些語詞在對人物形象的刻畫及動作情態的描寫方面的作用都是舊詞「涕」、「泣」所無法比擬的。

生──活

汪維輝對《史記》中「生」「活」的用法進行過考察，指出「活」多用作使動，而「生」則多作形容詞。但當不及物動詞「活着；生存」講時，「生」還是遠遠多於「活」。在東漢前期的《論衡》裏，情形仍差不多〔註25〕。接着，汪先生還對東漢佛經中二者的使用情況作了分析〔註26〕。

我們對《太平經》中「生」「活」的用法進行了對比，同時與汪先生所作研究作了一個比較，得出以下結論：

一、與東漢佛經用法相類，使動用法基本上也是用「活」而很少用「生」，如「活人」、「自活」，並有多處「見活」，如：

（1）或不及春時種之，至冬飢念食，乃欲種穀，種之不生，此豈能及事活人邪？（卷 72／不用大言無效訣／p296）

〔註25〕汪維輝《東漢—隋常用詞演變研究》，303～304 頁。
〔註26〕詳見汪維輝《東漢—隋常用詞演變研究》，305～306 頁。

（2）居天地間活而已：居者，處也；處天地間活而已者，當學真道也，浮華之文不能久活人也。（卷39／解師策書訣／p66）

（3）欲度活人者，要在正神。（卷114／天報信成神訣／p609）

（4）然，活人名為自活，殺人名為自殺。（卷35／分別貧富法／p34）

（5）不敢，乃望在天君左側也，見活而已。（卷110／大功益年書出歲月戒／p538）

（6）唯復勑戒愚矇之生，使有知慮為大恩，非辭所報也。但克心念，常在於內，不忘其飢渴，求戒見活，唯蒙原省。（卷111／善仁人自貴年在壽曹訣／p556）

二、「生活」連用作為習語，意義與今天有別，表示「生存，存活」義，並常見其同素異序形式「活生」。

（7）其一小急者，有毛羽鱗亦活，但倮蟲亦生活。但有毛羽者，恆善可愛，禦寒暑；有鱗者，恆禦害；非必須而生也，故為小急也。（卷36／三急吉凶法／p47）

（8）卯主於東，繫命東星，多所生活，人民飲食。（卷111／有德人祿命訣／p548）

（9）行少惡貪，見大神之戒，閔傷未知，照其不逮，使及長生之錄，見天君蒙其生活，久在不死之籍。（卷111／善仁人自貴年在壽曹訣／p554）

（10）努力為善，無入禁中，可得生活竟年之壽。（卷114／病歸天有費訣／p621）

（11）不從道理，欲得生活，何從得久。（卷112／有過死謫作河梁誡／p580）

（12）凡天下之人學問也，萬未一人得上官也，千未一人得中官也，百未一人得小官也，其於佃家活生，萬未一人得億萬也，千未一人得千萬也，百未一人得百萬也。（卷98／神司人守本隆祐訣／p438）

（13）是有重戒出其中；大神所道乃如是，何敢有懈慢之意乎？是為活

生之意，蒙寵如是，不知何所用報大神恩也。（卷110／大功益年書出歲月戒／p540）

三、表示「復活」義，都是用「生」而不用「活」，這點與東漢佛經用法大為不同。

（14）天正以八月為十月，故物畢成；地正以九月為十月，故物畢老；人正以亥為十月，故物畢死。三正竟也，物當復生。（卷48／三合相通訣／p153～154）

（15）重生者獨得道人，死而復生，尸解者耳。（卷72／不用大言無效訣／p298）

四、「死活」連用例在《太平經》中未見，但卻經常以對文的形式出現，「生死」連用例多達6處。這點亦與東漢佛經用法不同，東漢佛經與「死」相對經常用「生」，且「死活」已經取代「生死」。《太平經》用法如下：

（16）故天為生萬物，可以衣之；不衣，但穴處隱同活耳，愁半傷不盡滅死也，此名為半急也。（卷36／守三實法／p44）

（17）子知怖，活之根也；子不知怖，死之門也；安危在子之身，無於他所焉。（卷96／忍辱象天地至誠與神相應大戒／p426）

（18）活望作鬼，復死不足塞責，是惡所致非乎？何得自在而見活乎？昨使當出生者，怨是非過邪？（卷114／不可不祠訣／p604）

（19）故二月八月萬物刑德適相逢，生死相半，故半傷也。（卷44／案書明刑德法／p107）

（20）所以然者，人命有短長，春秋冬夏，更有生死無常。（卷111／善仁人自貴年在壽曹訣／p552）

五、為避免行文重複，同一句話中「生」、「活」常交替出現，諸如「求生索活」、「貪生望活」、「長生久活」、「當生當活」等。

（21）惟上古之道，修身正己，不敢犯神靈之所記，迺敢求生索活於天君，不敢自恣，恐不全。（卷110／大功益年書出歲月戒／p524）

（22）心自念，當前後深知至意，不失其常，念恩不違精實，貪生望活，何有小惡聞上乎？（卷110／大功益年書出歲月戒／p529）

（23）主其有知，善所諫，用其人言，並見其榮，善教戒人求生索活之道。（卷110／大功益年書出歲月戒／p539）

（24）神法大重，故當慎之詳之，念之思之，長生久活之道，可不重之。（卷112／有過死謫作河梁誡／p579）

（25）所以然者，太上皆神，所生所化，當生當活，皆可知神錄相次，道其尊卑，何有不從者乎？（卷114／九君太上親訣／p594）

側──旁（傍）──邊

方位詞「側──旁（傍）──邊」從古到今有一個依次更替的變化過程：先秦以「側」為主，也用「旁（傍）」；西漢可能一度「旁（傍）」戰勝過「側」，但為時不長；「邊」在西漢露頭，東漢開始以迅猛之勢擴展，到魏晉南北朝已在文學語言中佔據壓倒優勢，而且仍在繼續虛化〔註27〕。

《太平經》「側」12見，表示方位義共9例，其中左側（7見）、道側（1見）、在側（1見）。

本經中「旁」（12見），主要有如下搭配：

（1）天不欲蓋，地不欲載，凶害日起，死於道旁。（卷67／六罪十治訣／p252）

（2）壽未盡，籍記在旁，雖見王相，月建氣以不長。（卷111／有德人祿命訣／p547）

（3）夫真道而多與神交際，神道專以司人為事，親人且喜善，與不視人且驚駭，與不俱爭語言於人旁，狀若羣鳥相與往來，無有窮極。（卷98／神司人守本陰祐訣／p439）

（4）明王好之，因而徵索召取，百姓俱言善哉，俱言大吉，是其人也，旁人為其說喜。（卷98／神司人守本陰祐訣／p441）

本經「傍」（28見），組合關係大致如下：

（5）尊者之傍不可空，為一人行，一人當立坐其傍，給侍其不足。（卷35／分別貧富法／p33）

（6）臣失其職，鬼物大興，共病人，姦猾居道傍，諸陰伏不順之屬，

───────────────

〔註27〕汪維輝《東漢─隋常用詞演變研究》，93頁。

咎在逆天地也。（卷 45／起土出書訣／p113）按：書中「道傍」
共 3 見

（7）吾書乃天神吏常坐其傍守之也，子復戒之。（卷 46／道無價却夷
狄法／p129）

（8）夫道若風，默居其傍，用之則有，不用則亡。（卷 52／胞胎陰陽
規矩正行消惡圖／p193）

（9）上無明君教不行，不肯為道反好兵，戶有惡子家喪亡，持兵要
人居路傍，伺人空閑奪其裝，縣官不安盜賊行。」（卷 73～85
／闕題／p307）

（10）夫河海五湖，近水之傍多蚊蛇，不豫備作可以隱禦之者。（卷 72
／不用大言無效訣／p297）

（11）乃置綱紀，歲月偏傍，各置左右，星辰分別，各有所主，務進其
忠，令使分部。（卷 112／有過死謫作河梁誡／p578）

（12）於意乃可，不知人當從傍平之所為惡也。（卷 114／不承天書言
病當解謫誡／p622）

（13）「反晨夜候取無義之財，而不攻苦得之，以為可久在中和之中，
與人語言也，傍人見之，非尤其言。」（卷 114／不孝不可久生誡
／p597）

有些例子中「旁（傍）」意義不易確定，可作「旁邊，近側」解，亦可作「其
他，別的」解，如：

（14）比若一里百戶共欺也，男女小兒巨人，會有泄之者，旁里會有知
之者。（卷 86／來善集三道文書訣／p318～319）按：「旁里」，
可為旁邊的里，又可為其他的里。《今譯》761 頁釋作「周圍的
里」，《全譯》648 頁釋作「附近地區」。

（15）我受天心教勅，使主隨人心，其不得有小脫，善惡輒有傍神復得
心。（卷 110／大功益年書出歲月戒／p528）按：「傍神」，可為近
旁的神，又可為其他神。

本經「邊」僅 1 見，即：

（16）天神常在人邊，不可狂言。慎之小差，不慎亡身。（卷 114 / 大壽
　　誡 / p619）

從對《太平經》中三詞的用法分析，可見本書表示方位「旁邊」，主要是用
「旁（傍）」，這與西漢時的情形一致；「邊」雖在西漢露頭，東漢開始以迅猛之
勢擴展，不知何故，卻在本經沒有充分的體現。

他人──旁（傍）人

表示「別的人」，上古漢語說「他人」，中古漢語多說「旁（傍）人」，近、
現代漢語則說「別人」（有時也說「旁人」）〔註 28〕。張永言認為「傍（旁）人」
是魏晉南朝通行的一個新詞，帶明顯口語色彩〔註 29〕。《東漢─隋常用詞演變
研究》把「旁（傍）人」始見例提前到了西漢，書中所列東漢用例不多〔註 30〕，
沒有注意到東漢的重要典籍《太平經》，可為補。其實，《太平經》中有不少典
型用例值得注意，其中「旁人」7 見，「傍人」7 見。主要有如下兩種意義：

一、旁邊的人。《大詞典》始見書證是清代王士禎《池北偶談·談異四·銀
杏》：「友人不應，問再三不已，旁人皆匿笑。」據《太平經》可提早始見年代，
如：

（1）然，夫人將聞密言者，必心不自知前也。頭面相近，傍人知之，
　　令為言者得害矣。（卷 35 / 興善止惡法 / p41）

（2）明王好之，因而徵索召取，百姓俱言善哉，俱言大吉，是其人
　　也，旁人為其說喜。（卷 98 / 神司人守本陰祐訣 / p441）

（3）反晨夜候取無義之財，而不攻苦得之，以為可久在中和之中，與
　　人語言也，傍人見之，非尤其言。（卷 114 / 不孝不可久生誡 /
　　p597）

二、他人，別人。《大詞典》始見書證是南朝宋鮑照《代別鶴操》：「心自
有所存，旁人那得知。」據《太平經》可提早始見年代：

（4）皆若真人言行，財保其身不犯非者，自言有功於天地旁人也，

〔註 28〕汪維輝《東漢─隋常用詞演變研究》，58 頁。
〔註 29〕張永言《從詞彙史看〈列子〉的撰寫時代》──為祝賀季羨林先生八十華誕作，《語
　　　　文學論集》（增補本），語文出版社，1999 年第 2 版，370 頁。
〔註 30〕汪維輝《東漢─隋常用詞演變研究》，58～60 頁。

是其大愚之劇者也，子復慎之。（卷 47 ／上善臣子弟子為君父師得仙方訣／ p137）

（5）或有用祝獨愈，而他傍人用之不決效者，是言不可記也。（卷 50 ／神祝文訣／ p182）

（6）然，其有奇方殊文，可使投於太平來善宅中，因集議善惡於其下，而四方共上事也。為一人議，中悔而止，或為旁人所止。（卷 86 ／來善集三道文書訣／ p328～329）

（7）何況乃一州一郡一縣一鄉一亭，郡有非常事，陽陽何可隱？猶為旁人所得長短，故善惡都畢出，天乃大喜，災除去，與流水無異也。（卷 86 ／來善集三道文書訣／ p319）

（8）或言人且度去，或言人且富而貴，或言人且貧而賤，或譽旁人，或毀旁人，或使人大悅喜，或使人常苦大忿。（卷 98 ／神司人守本陰祐訣／ p439）

（9）有大命赦天下，諸所不當犯者盡除，並與孝悌力田之子，賜其綵帛酒肉，長吏致敬，明其孝行，使人見之。傍人見之，是有心者可進愛，有善意相愛，此皆天下恩分，使民順從。（卷 114 ／某訣／ p593）

還有一種情況正如汪先生所言：「有些例子所指不那麼明確，似乎兩者兼而有之，這一方面反映了詞義從具體到抽象的發展過程，同時也是詞義模糊性的一種表現。」〔註31〕例如：

（10）內學才太過者，多入大邪中，自以得之也；不與傍人語，反失法度而傳妄言也。（卷 70 ／學者得失訣／ p276）

（11）然多者則其上書者便自傳相畏，恐事漏泄，見得長短，反為欺上，為傍人所上，故盡實核□□，乃敢言之也，不□□不敢言。（卷 86 ／來善集三道文書訣／ p318）

（12）四人共上書，中輒有畏事不真者，為傍人所得長短，為罪名固固耶，將似類真也，其不信者，亂四時也。（卷 86 ／來善集三道文

〔註31〕汪維輝《東漢─隋常用詞演變研究》，61 頁。

書訣／p326〜327）

「他人」在《太平經》中有 11 例，出現頻次不如「旁（傍）人」高，且多用在與自己對舉的場合，用法相對比較單一，如：

（13）見漿不飲，渴猶不可救，此者非能愁他人也，還自害，可不詳哉？

　　　（卷 55／力行博學訣／p208）

（14）身在，財物固固屬人身；身亡，財物他人有也。（卷 90／冤流災

　　　求奇方訣／p343）

（15）天尚乃行道不敢止，故長生也，而況子乎？努力各自為身屈，不

　　　能為他人也。（卷 93／國不可勝數訣／p394）

通過研究可以發現，東漢中後期的口語文獻中「旁（傍）人」已經較多行用，數量上也已逐漸超過「他人」，表現出強勁的發展勢頭，但還沒有完全取代「他人」。

得疾／有疾──得病／有病

「從戰國中晚期開始，在『疾病、生病』義上，『病』漸顯替代『疾』的趨勢；漢初的使用中『病』已略佔優勢。在《史記》、《漢書》、《論衡》等巨著的影響下這種優勢日漸成為強勢。」〔註 32〕《太平經》也反映出了這種情況，經中「病」307 見，而「疾」僅 159 見，「病」的出現頻次幾乎是「疾」的兩倍。

表示「患病、生病」義，《太平經》中有四種說法：其中「得疾」（1 見）、「有疾」（2 見），二者是沿用自前代的用法。

另外，本書還有「得病」（5 見）。「西漢時，『得』進入疾病語義場。最初表示生病的原因，……『得』字提前，就形成了『得病』的組合。」〔註 33〕張永言曾指出「得病」相當於上古「有疾」，是一個東漢以降廣泛行用的口語說法，並舉《東觀漢記》卷三：「不欲令群臣知上道崩，欲偽道得病。」〔註 34〕《大詞典》該詞始見書證出自《太平廣記》卷一六一引《靈鬼志》：「晉南郡議曹掾姓歐，得病經年，骨消肉盡，巫醫備至，無復方計。」嫌晚。本經用例如：

〔註 32〕王彤偉《常用詞「疾」、「病」的歷時替代》，《北方論叢》2005 年第 2 期。

〔註 33〕周俊勳《魏晉南北朝志怪小說詞彙研究》，巴蜀書社，2006 年 12 月，277 頁。

〔註 34〕張永言《從詞彙史看〈列子〉的撰寫時代》──為祝賀季羨林先生八十華誕作，《語文學論集》（增補本），語文出版社，1999 年，378 頁。

（1）南山有毒氣，其山不善閉藏，春南風與風氣俱行，迺蔽日月，天下伋其咎，傷死者積眾多。此本獨南山發泄氣，何故反使天下人承負得病死焉？（卷 37／五事解承負法／p59）

（2）書有戒而不用其行，得病乃惶，豈可免焉？（卷 114／病歸天有費訣／p620）

（3）今世之人，行甚愚淺，得病且死，不自歸於天，首過自搏叩頭，家無大小，相助求哀。（卷 114／病歸天有費訣／p621）

「得病」一詞在東漢譯經中也有出現，如《中本起經》卷 1：「有二人高足難齊，一名优波替，次曰拘律陀。才明深遠，研精通微。妙然得病，自知將終，告於二賢。」（4／153c）又，卷 2：「有婆羅門，居富多寶，老無兒子。禱祠盡力，未後生男。其年七歲，得病便亡，其父憂毒。」（4／160a）《長阿含經》卷 15：「世尊遊行人間佛去未久，時究羅檀頭婆羅門得病命終。」（1／101b）

本經亦見「有病」（12 例），諸如：

（4）子誠絕匿此書，即有病；有敢絕者，即不吉，是即天地神隨視人之明證也，可畏哉！（卷 45／起土出書訣／p124）

（5）甲脈有病反治乙，名為恍惚，不知脈獨傷絕。（卷 50／灸刺訣／p180）

（6）人生於天地，乃背天地，斷絕天談，使天有病，乃畜積不除，悃悒不得通，言報其子，是一大逆重罪也。（卷 86／來善集三道文書訣／p317～318）

（7）人得生於天，長於地，天地愁苦有病，故作怪變以報其子，欲樂見理。（卷 86／來善集三道文書訣／p321）

（8）是故地將為惡也，傷人所養，其根不固而有病也，其歲不成，多傷民困窮也。（卷 98／署置官得失訣／p452）

（9）天減人命，得疾有病，不須求助，煩醫苦巫，錄籍當斷，何所復疑。（卷 112／貪財色災及胞中誡／p566）

（10）五藏有病，其去有期，慎飲食，無為風寒所犯，隨德出入，是竟

年之壽。（卷 112 ／七十二色死尸誡／ p570）

表示「患病、生病」義，《太平經》中使用最多的是「有病」，這是一個口語化程度比「得病」還要高的詞，直到現在還是我們口語中的常用詞。本經中「有病」的虛化程度比「得病」要高，且「有病」的主語不限於人，如上所述，也可是「甲脈」、「天」、「天地」、「五藏」等。

據周俊勳研究：「從各個詞的歷時演變看，『疾、病』是繼承先秦的，『得』產生於西漢，『患、感、生』都產生於東漢。」〔註35〕「從西漢開始，『病』就開始擴張，逐漸取代『疾』的地位。到魏晉時期，這種變化基本上完成。這是『病』的新發展。」〔註36〕

皆／共／悉／盡／俱／并（並）

關於單音節總括副詞在漢魏六朝時期的情況，據李宗江對《史記》、《論衡》、《搜神記》、《三國志選》、《西京雜記》、《陶淵明集》、《百喻經》、《世說新語》、《洛陽伽藍記》、《水經注》等文獻的調查，認為這一時期最常用的單音節總括副詞還是先秦文獻中最主要的總括副詞「皆」「盡」「俱」三個〔註37〕。陳秀蘭後來又對魏晉南北朝文與同期漢文佛典中單音節總括副詞情況進行了調查，發現魏晉南北朝時期主要的單音節總括副詞是「皆」（10371）、「悉」（4355）、「共」（2816）、「并（並）」（2214）、「俱」（2009）等五個，它們占總量的 70%，其中，「皆」最常用，占總量的 35%。這說明魏晉南北朝時期漢語的單音節總括副詞已經出現了變化。這種變化表現在：A、主要總括副詞的範圍有所擴大，由先秦的三個變為魏晉南北朝時期的五個；B、「皆」雖然仍居於第一的位置，然而使用頻數已經不如先秦時期那樣頻繁，只占總量的 35%；C、「盡」已經退出主要總括副詞的行列；D、「悉」上升為第二位總括副詞，占總量的 14.6%〔註38〕。

我們對《太平經》中這幾個詞的使用情況作了調查，結果如下：皆（556）、共（533）、悉（434）、盡（259）、俱（183）、并（並）（148）。通過與陳秀蘭所作魏晉南北朝時期使用情況對比，可以發現：1.《太平經》主要總括副詞的

〔註35〕周俊勳《魏晉南北朝志怪小說詞彙研究》，276 頁。
〔註36〕周俊勳《魏晉南北朝志怪小說詞彙研究》，276 頁。
〔註37〕李宗江《漢語常用詞演變研究》，186～188 頁。
〔註38〕陳秀蘭《魏晉南北朝文與漢文佛典語言比較研究》，6 頁。

範圍有所擴大，由先秦的三個變為東漢末期的四個；2.「皆」雖然仍居於第一的位置，然而使用頻數已經不如先秦時期那樣頻繁，只占總量的 21%；3.「盡」尚未退出主要總括副詞的行列，且高居第四位；4.「共」為第二位總括副詞，占總量的 20.9%，「悉」為第三位總括副詞，占總量的 17%。

《太平經》所反映的東漢末期使用情況與魏晉南北朝時期有異也有同。

豕——豬

兩漢時期「豪」的使用範圍有所擴大，和「豕」一起，在口語和書面語中佔據優勢地位，「豬」的詞義由小類名擴大到指豬的總類，但用例相對較少〔註39〕。據周理軍統計，豬和豕的使用頻率在東漢的《漢書》中是 9：23，《論衡》中是 6：13。〔註40〕可惜文章沒有考察《太平經》中用例，經中「豬」3 見，「豕」1 見，用例如下：

（1）是為可知當祠，常苦富時奢侈，死牛羊豬豕〔註41〕六畜，祠官浸疎，後當見責，不顧有貧窮也。（卷 114 / 不可不祠訣 / p605）

（2）輕賤諸穀，用食犬豬，田夫便去。（卷 112 / 有過死謫作河梁誡 / p574～575）

（3）此大邪所著，犬豬之精所下也。（卷 117 / 天咎四人辱道誡 / p660）

可以說，《太平經》中「豬」已開始表現出取代「豕」的強勁勢頭，兩者頻次比為 3：1。

內——裏

其要結近居內，比若萬物，心在裏，枝居外。夫內興盛，則其外興，內衰則其外衰。（卷 68 / 戒六子訣 / p258）

〔註39〕周理軍《東漢——隋幾組常用詞演變研究》，蘇州大學 2007 年碩士學位論文，22 頁。

〔註40〕周理軍《東漢——隋幾組常用詞演變研究》，20 頁。

〔註41〕此例「豬豕」並沒有錯，原本《道藏》即寫作此。文獻中亦有「豬豕」連言者，如《管子·地員篇》：「凡聽徵如負豬豕，覺而駭。凡聽羽如鳴馬在野，凡聽宮如牛鳴窌中，凡聽商如離群羊，凡聽角如雉登木以鳴，音疾以清。」魯迅《古小說鈎沈·幽明錄》：「秣陵人趙伯倫曾往襄陽，船人以豬豕為禱，及祭，但豚肩而已。」《方言》第八：「豬，北燕朝鮮之間謂之豭，關東西或謂之彘，或謂之豕，南楚謂之豨。」華學誠師匯證：「『豕』亦豬之古稱。」（華學誠師《揚雄方言校釋匯證》上冊，中華書局，2006 年，546 頁）《太平經》中的「豬豕」疑為一對新舊連言同義詞。

「到東漢出現了表典型三維空間的方位詞『裏』，但還不多見。」〔註42〕汪著所收集到的全部例子沒有包括此例，可為補。

錯

汪維輝指出「錯」當「錯誤」講至遲不會晚於東漢〔註43〕。「從『交錯』引申為『錯誤』還應該經歷過『錯雜；錯亂』這一個中間環節，引申的步驟是：交錯——錯雜、錯亂——錯誤。……我們在兩漢文獻中看到很多『錯亂、錯謬、謬錯、乖錯、舛錯、錯違、違錯』等同義連文的例子，這些『錯』字最初可能確實還是指『錯雜；錯亂』。」〔註44〕汪著未引《太平經》之例，《太平經》中的情況也如汪先生所言，我們找到一例已經引申為「錯誤」義的「錯」：

> 子今且語，正與天為重怨，錯哉錯哉！（卷97／妒道不傳處士
> 助化訣／p430）

快

「快」原指一種心理活動，《說文·心部》：「快，喜也。」大約在西漢，「快」除沿用舊義外（此義一直沿用至今），開始有了「急速」的意義，揚雄《方言》卷2：「逞、苦、了，快也。」〔註45〕但漢代用例尚較少見，汪著所舉東漢用例僅漢譯佛經三例，其實中土文獻《太平經》也有一處用法：

> 春夏秋冬，各有分理，漏刻上下，水有遲快，參分新故，各令可
> 知，不失分銖。（卷56～64／闕題／p213）

汪先生認為「駃」也是東漢魏晉南北朝時期的一個常用詞，它的「快速」義在秦漢時就已經有了。〔註46〕東漢後期以降，「駃」的使用頻率要大大高於「快（駃）」。〔註47〕然而，《太平經》中僅見「快」，而未見「駃」。

第二節 現代漢語常用詞溯源

王雲路曾指出：「一般來說，漢語辭書注重『始見書』的例證，但以往我們

〔註42〕汪維輝《東漢—隋常用詞演變研究》，97頁。
〔註43〕汪維輝《東漢—隋常用詞演變研究》，340頁。
〔註44〕汪維輝《東漢—隋常用詞演變研究》，345頁。
〔註45〕汪維輝《東漢—隋常用詞演變研究》，359頁。
〔註46〕汪維輝《東漢—隋常用詞演變研究》，364頁。
〔註47〕汪維輝《東漢—隋常用詞演變研究》，364～365頁。

對常用詞研究重視不夠，目光往往集中在少數生疏冷僻的新面孔上，以解釋新詞、發明新義為務，忽略了平平淡淡而又作為主要信息載體的大量常用詞，導致辭書對常用詞的收錄和研究還有很多欠缺。」〔註48〕中古時期產生了很多常用詞，其中許多成為現代漢語常用詞的源頭。可以說，通過對中古時期重要典籍進行系統的專書常用詞研究，是解決此問題的一個有效途徑。

出現於東漢時期的《太平經》，文體採用對話方式，接近日常生活，用詞生動、平實、淺顯，客觀記錄了當時不少的方俗俚語，在漢語史研究中具有極高的語料價值，從中可以追溯許多現代漢語常用詞的源頭。一些現代漢語中極其平常、普通的詞語，其源頭都可追溯到東漢。

中古時期的常用詞研究應當包括以下內容：（一）中古常用詞對先秦語詞的繼承；（二）中古新產生的常用詞；（三）中古常用詞對後世的影響，尤其是中古常用詞與現代漢語的關係；（四）單個常用詞的產生與發展；（五）同義常用詞的變化與更替；（六）常用虛詞和常見用法的形成與變化〔註49〕。本節所要做的就是對《太平經》中所包含的現代漢語常用詞進行溯源。

【應當】

應該。《大詞典》舉《後漢書‧方術傳下‧華佗》：「君病根深，應當剖破腹。」《百喻經‧斫樹取果喻》：「心生願樂，欲得果食，應當持戒，修諸功德。」實則《太平經》中已見，「是其人應當並出，賢知並來，神書並至，奇方自出，皆令歡喜，即其人也。」（卷 55／知盛衰還年壽法／p210）「然，此邪惡盡應當見去，天地人民萬物之大病已除也。」（卷 96／守一入室知神戒／p417）

【選取】

挑選取用。《大詞典》舉《左傳‧哀公元年》「擇不取費」晉杜預注：「選取堅厚，不尚細靡。」嫌晚，該詞可追溯到《太平經》。「即為者日益多以，久久大小盡化，能人人為之。乃選取其中第一大功者悉聚之，大有功者署其位，小有功者賞賜之，天下人莫不欲為之。」〔註50〕（卷 72／不用大言無效訣／p299）「無極之貨，無極之德，選取貞良，以自障隱。」（卷 112／貪財色災及

〔註48〕王雲路《中古常用詞研究漫談》，收入《中古近代漢語研究》（第一輯），上海教育出版社，2000 年，272 頁。

〔註49〕王雲路《中古常用詞研究漫談》，見《中古近代漢語研究》（第一輯），280 頁。

〔註50〕標點據《正讀》。

胞中誠／p564）

【如願】

符合願望；達到願望。《大詞典》舉宋范成大《次韻子文雨後思歸》：「萬事安能盡如願，且來相伴壓糟牀。」嫌晚，該詞可追溯到《太平經》。「上德之人乃與天地之間，當化成之事，使各如願。」（卷110／大功益年書出歲月戒／p540）「是大重，如使如願，必親心恭而已。」（卷 114／天報信成神訣／p609）

【遲鈍】

謂思想、感官、行動等反應慢，不靈敏。《大詞典》舉《三國志・吳書・孫奐傳》：「吾初憂其遲鈍，今治軍，諸將少能及者，吾無憂矣。」嫌晚，該詞可追溯到《太平經》。生言：「稟性遲鈍，設意不先，但以文自防也，唯哀之不耳。」（卷110／大功益年書出歲月戒／p540）

【動輒】

動不動就。《大詞典》舉《後漢書・南匈奴傳》：「臣等生長漢地，開口仰食，歲時賞賜，動輒億萬。」嫌晚，該詞可追溯到《太平經》。「上古之人，皆有知慮，不敢犯禁，自修自正，恐見有失，動輒為不承命，失其年。」（卷110／大功益年書出歲月戒／p528）「人居世間，大不容易，動輒當承所言，皆不失其規中，而不自責，反怨言人言，是為不平行之。」（卷114／見誡不觸惡訣／p600）「義不自專，恐有嫌疑，動輒相聞，何有息時？」〔註51〕（卷114／不用書言命不全訣／p613）

【治療】

用藥物、手術等消除疾病。《大詞典》始見書證為《北齊書・李密傳》：「因母患積年，得名醫治療，不愈。乃精習經方，洞曉針藥，母疾得除。」嫌晚，該詞首見於東漢《太平經》。「是故皆當並力，比若兩手，乃可通也。不若兩手，故日致凶也；雖治療之，無益也，猶無從得成功也。」（卷 109／兩手策字要記／p519）

〔註51〕此例句讀據《正讀》。

【大官】

職位高的官。《大詞典》始見書證為李準《黃河東流去》第二七章：「要殺要宰都由你，反正你是大官。」嫌晚，該詞首見於東漢《太平經》。「因為德行，或得大官，不辱先人，不負後生。」（卷 67 / 六罪十治訣 / p252）「今為道，當以何為大戒而得長成乎？學問當以何為大戒而得到大官乎？」（卷 98 / 神司人守本陰祐訣 / p438〜439）「旁人以財貨自助，欲得大官，以起名譽，因而盜採財利，以公趣私，背上利下，是卽亂敗正治，天地之害，國家之賊也。」（卷 98 / 為道敗成戒 / p442）

【都】

副詞。表示總括，所總括的成分在前。「三而得陰陽中和氣都具成，而更反初起，故反本，名為甲子。」〔註52〕（卷 40 / 分解本末法 / p77）「善哉，子之言也，詳案吾文，道將畢矣；次其上下，明於日月，自轉相使；今日思行之，凡病且自都除愈，莫不解甚，皆稱歡喜。」（卷 40 / 樂生得天心法 / p82）

「都」作為副詞，是由「聚集」義的動詞「都」虛化而來的。它不見於《史記》以前的上古文獻，最早出現在東漢時期口語成分較多的文獻裏〔註53〕。時至東漢，「都」表範圍總括的用法已相當成熟，與今語並無不同〔註54〕。再如漢王充《論衡·講瑞》：「然則鳳凰、騏驎都與鳥獸同一類，體色詭耳，安得異種？」《列子·周穆王》：「莫知其所施為也，而積年之疾一朝都除。」

【上進】

向上；進步。《大詞典》舉《儒林外史》第二一回：「像小檀越偷錢買書念，這是極上進的事。」嫌晚，該詞首見於東漢《太平經》。「或有初見神，占事不中，已反日已上行大中，是者精得道神意、日上進之人也。」（卷 96 / 守一入室知神戒 / p414）「有錄籍之人當見升，自責承負，大神遣大神除承負之數，教化其心，變化成神，年滿上進。」（卷 111 / 有心之人積行補真訣 / p561）

〔註52〕標點據《正讀》。
〔註53〕陳寶勤《東漢佛經和〈世說新語〉中『都』的用法》，南開大學中文系編《語言研究論叢》第七輯，語文出版社，1997 年。
〔註54〕葛佳才《東漢副詞系統研究》，194 頁。

【布置】

猶措置，安排。《大詞典》舉《周書‧韋孝寬傳》：「所有經略，布置之初，人莫之解；見其成事，方乃驚服。」嫌晚，該詞首見於東漢《太平經》。「心之所念，常不離於內，思盡所知，而奉行大化，布置正天下，所當奉述，皆不失其宜。」（卷 111 / 有德人祿命訣 / p547）「惟太上仁人為行也，乃積功累行於天。天乃聽信，使助東皇布置當生之物，華實以給民食，使得溫飽。」（卷 111 / 善仁人自貴年在壽曹訣 / p552）

【不惜】

不顧惜；不吝惜。《大詞典》舉《古詩十九首‧西北有高樓》[註55]：「不惜歌者苦，但傷知音稀。」此詩作者失佚。其實，東漢《太平經》中該詞已頗為常見，「天上不惜仙衣不死之方，難予人也。」（卷 47 / 上善臣子弟子為君父師得仙方訣 / p138）「不惜為諸子說也，而說無窮極，真人知之耶？」（卷 69 / 天讖支干相配法 / p268）「今天地乃以人為子，帝王乃最天之所貴子也，不惜真道奇方焉。」（卷 90 / 冤流災求奇方訣 / p342～343）「羣輩相隨，不惜其年，其中有知，乃出於四境不害之鄉，是獨何得，亦中命自然。」（卷 112 / 貪財色災及胞中誡 / p564）「奉功私乃敢有所言，誠相歸自不敢施私。所不當全其命，不惜晨夜而自責，常恐有無牢之用。」（卷 114 / 不用書言命不全訣 / p613）

【非但】

不僅；何況。《大詞典》書證為荀悅《漢紀‧哀帝紀下》[註56]：「以萬不及一之時，求百不一遇之知，此下情所以不上通，非但君臣而凡言百姓亦如之。」略晚於《太平經》。「小有過失，上白明堂，形神拘繫，考問所為，重者不失，輕者減年。神不白舉，後坐其人，亦有法刑，非但生人所為，精神鬼物亦如是。」（卷 112 / 七十二色死尸誡 / p569）「善者其願皆令其壽，白首乃終。

〔註55〕《古詩十九首》，組詩名，最早見於《文選》，為南朝梁蕭統從傳世無名氏《古詩》中選錄十九首編入，編者把這些亡失主名的無言詩彙集起來，冠以此名，列在「雜詩」類之首，後世遂作為組詩看待。

〔註56〕荀悅（148～209）東漢史學家、文學家。字仲豫。潁川潁陰（今河南許昌）人。幼時聰慧好學，因家貧無書，每到人家，遇書即讀，過目成誦。12 歲時，能說《春秋》，尤好著述。靈帝時，因見閹官用權，托疾隱於家中。獻帝時，應曹操徵召，歷任黃門侍郎、秘書監等職。

上至百二十，下百餘歲，善孝所致，非但空言而語也。不但天愛之也，四時五行、日月星辰皆善之，更照之，使不逢邪也。」（卷 114 / 某訣 / p593）

【治愈】

治好疾病。「或有鬼神所使書文，不可知而治愈者，是人自命祿為邪之長也，他人不能用其書文也，以此效聚眾刻書文也邪？」（卷 50 / 丹明耀禦邪訣 / p172）「方和合而立愈者，記其草木，名為立愈方；一日而愈者，名為一日愈方；二日而治愈者，名為二日方；三日而治愈者，名為三日方。一日而治愈者方，使天神治之；二日而治愈者方，使地神治之；三日而治愈者方，使人鬼治之。」（卷 50 / 丹明耀禦邪訣 / p173）「此者，天上神語也，本以召呼神也，相名字時時下漏地，道人得知之，傳以相語，故能以治病，如使行人之言，不能治愈病也。」（卷 50 / 神祝文訣 / p181）《大詞典》未收。

【自責】

自己責怪自己。《太平經》共 44 見，如「真人來問，是天欲一發覺此事，令使人自知，百姓適知責天，不知深自責也。」（卷 45 / 起土出書訣 / p125）「今返居下不忠，背反天地，閉絕帝王聰明，使其愁苦，常自責治失正，災變紛紛，危而不安，皆應不孝不忠不信大逆，法不當得與於赦，今何重之有乎？」（卷 86 / 來善集三道文書訣 / p318）「是故愚生為弟子，不能明理師道之部界，自知過重，故說天象以是自責也。」（卷 96 / 六極六竟孝順忠 / p407）《大詞典》失收。

【致富】

達到、實現富裕。「人人或有力反自易，不以為事，可以致富，反以行鬪訟，妄輕為不祥之事。」（卷 67 / 六罪十治訣 / p252）「天有知，不肯力學正道以自窮見教，反笑之；有能，不肯力學施見教，反罵詈之；有力，不肯力作，可以致富為仁，反自易懈惰。」（卷 50 / 丹明耀禦邪訣 / p256）「治生聚財當以何為大戒而得致富乎？」（卷 98 / 神司人守本陰祐訣 / p439）這個現代漢語極常用的詞語，《大詞典》卻失收。

【得病】

患病、生病。《大詞典》始見書證出自《太平廣記》卷一六一引《靈鬼志》：

「晉南郡議曹掾姓歐，得病經年，骨消肉盡，巫醫備至，無復方計。」實際上，《太平經》多有所見，「事邪神之家自言，我神正神者教其語，邪神精物，何時敢至天君之前，而求請人乎？但費人酒餔棗䊠之屬，得病，反妄邪神之家。」（卷114／病歸天有費訣／p620）「今世之人，行甚愚淺，得病且死，不自歸於天，首過自搏叩頭，家無大小，相助求哀。」（卷114／病歸天有費訣／p621）

【不同】

不相同；不一樣。《大詞典》書證為《文心雕龍・定勢》：「所習不同，所務各異，言勢殊也。」實際上，東漢時期的《太平經》中已經出現該詞，如「天法者，或億或萬，時時不同，治各自異，術各不同也。」（卷48／三合相通訣／p155）「今試書一本，字投於前，使眾賢共違而說之，及其投意不同，事解各異，足以知一人之說，其非明矣，安能理陰陽，使王者遊而無事樂乎哉？」（卷50／去浮華訣／p176）「天道制脈，或外或內，不可盡得而知之也，所治處十十治訣，即是其脈會處也；人有小有大，尺寸不同，度數同等，常以窅穴分理乃應也。」（卷50／灸刺訣／p180）「六極八方，各有所宜，其物皆見，事事不同。」（卷55／知盛衰還年壽法／p210）

【不但】

不僅，不只是。常表示遞進，用在複句的上半句裏，下半句通常有副詞或連詞與之相呼應。《大詞典》始見書證為宋代楊萬里《峽峙》詩：「龜魚到此總回頭，不但龜魚蟹亦愁。」嫌晚，該詞首見於東漢《太平經》。「天君言，善信舉之，惡無信下之，不但天上欲得善信人也，中和地下亦然。」（卷111／大聖上章訣／p545）「歲歲被榮，高德佩帶，子孫相承，名為傳孝之家，無惡人也。不但自孝於家，並及內外。」（卷114／某訣／p593）「故皆自重惜，損其子孫，慎無犯禁，使家不安。不但不安也，並及家親，內外肅動。」（卷114／為父母不易訣／p626）

【癡迷】

沉迷不悟。《大詞典》始見書證為元馬致遠《青衫淚》第二折：「這其間枉了我再三相勸，怎當他癡迷漢苦死歪纏。」嫌晚，該詞首見於東漢《太平經》。「噫！子自若癡迷不解。善哉！真人之難問也。」（卷93／陽尊陰卑訣／p388）

後世用例如《南齊書・列傳第二十二・張融周顒》:「眾生之稟此形質,以畜肌胅,皆由其積壅癡迷,沈流莫反,報受樴濁,歷苦酸長,此甘與肥,皆無明之報聚也。」宋張繼先《滿庭芳》:「信口呼神召鬼,和暘穀、不是顛狂。癡迷者,風霆在手,應用反乖張。」

【猜疑】

懷疑,起疑心;對人對事不放心。《大詞典》始見書證為《後漢書・五行志五》:「其後車騎將軍何苗,與兄大將軍進部兵還相猜疑,對相攻擊,戰於闕下。」略晚,該詞首見於東漢《太平經》。「愚生大自怪當得此。響不力問天師,無由知之也,但猜疑,故也敢冒過問之耳。」[註57]（卷 102／位次傳文閉絕卽病訣／p462）再如北齊顏之推《顏氏家訓・書證》:「狐之為獸,又多猜疑,故聽河冰無流水聲,然後敢渡。」

【臨死】

臨將死亡。《大詞典》舉北齊劉晝《新論・貴言》:「臨死者謂無良醫之藥,將敗者謂無直諫之臣。」嫌晚,該詞首見於東漢《太平經》。「人雖有疾,臨死啼呼,罪名明白,天地父母不復救之也,乃其罪大深,過委頓,咎責反在此也。」[註58]（卷 45／起土出書訣／p115）「或得長生,在其天統先人之體,而反自輕不學,視死忽然,臨死廼自冤,罪不除也,或身即坐,或流後生,令使生遂無知,與天為怨。」[註59]（卷 67／六罪十治訣／p242）「人所求而得者,天以順其所求,不負焉也,勿復臨死而哭天泣地也。」（卷 90／冤流災求奇方訣／p347）

【戶內】

「君坐間處,居戶內自閉也。」（卷 35／興善止惡法／p40）《大詞典》失收。

【戶外】

「善哉善哉,君何故必居戶內自閉,而使言者居戶外乎哉?」（卷 35／興善止惡法／p41）《大詞典》失收。

〔註57〕此例句讀據《正讀》。
〔註58〕此例句讀據《正讀》。
〔註59〕此例句讀據《正讀》。

　　本章考察了首—頭、盈—滿、詈—罵、涕／泣—淚、生—活、側—旁（傍）—邊等幾組歷時替換單音詞，以及他人—旁（傍）人、得疾／有疾—得病／有病這幾組雙音詞在《太平經》中的使用演變情況，可以發現，對於這些同義常用詞，《太平經》一般會較多選用較為新興的口語形式。這些新詞出現頻次比舊的文言詞高，搭配能力也比舊的文言詞強。常用詞的口語性選擇是全書口語性的一個重要方面，《太平經》中常用詞的使用情況較多表現出與其他同時期口語文獻，如東漢佛經、《論衡》等的一致性，基本上能夠反映東漢現實語言的面貌。

　　通過對《太平經》常用詞的考察，我們發現《太平經》一般會選用新興的口語性詞語，舊的文言性詞語相對較少應用。但也並非全都如此，個別常用詞卻採用了舊的文言性詞語，如「死活」連用例在《太平經》中未見，「生死」連用例則多達 6 處。這點與東漢佛經用法不同，東漢佛經中「死活」已經取代「生死」。再如《太平經》中表示方位「旁邊」，主要是用「旁（傍）」，這與西漢時的情形一致；「邊」雖在西漢露頭，東漢開始以迅猛之勢擴展，不知何故，卻在本經沒有充分的體現。對於這種情況，筆者臆測可能是因為書出眾手之原因，個別編纂者故意選用典雅的文言形式來擡高其神聖地位；也可能是因為《太平經》非一時一地一人之作品，存在一些方言或個人用語的特色。

　　本章還對《太平經》中所包含的現代漢語常用詞進行了一點溯源工作，探討中古常用詞對後世的影響，尤其是中古常用詞與現代漢語的關係。可以看出，《太平經》中出現了不少現代漢語中極其常見的詞語，部分詞條可以提早《大詞典》之書證，補正辭書之失誤。

　　《太平經》中的常用詞是具有較高研究價值的，值得對其進行綜合系統的全面研究，並與同時代的《論衡》、東漢譯經進行比較，這三種文獻基本上反映了東漢語言的大致情況，從中可以大體把握東漢時期口語常用詞的整體面貌。

第七章 《太平經》語詞例釋

守一

「故守一然後且具知善惡過失處，然後能守道，入茆室精修，然後能守神，故第三也。」（卷96／守一入室知神戒／p412）

「行去，曉事生矣。告真人一大訣，此本守一專善，得其意，故得入道，故次之以道文也。為道乃到於入室，入真道，而入室必知神，故次之以神戒也。得守一得道得神，必上能為帝王德君良臣。」（卷96／守一入室知神戒／p421～422）

「故使守一身軀，竟其天年，守一思過，復得延期。」（卷112／貪財色災及胞中誡／p566）

按：守一，亦作「守壹」，乃道家修養之術，謂在身心安靜的情況下把意念集中在體內某一部位，以得真一，通其神。「守一」語出《莊子・在宥》：「天地有官，陰陽有藏，慎守汝身，物將自壯。我守其一，以處其和，故我修身千二百歲矣，吾形未常衰。」《大詞典》始見書證是《抱朴子・地真》：「守一存真，乃能通神。」嫌晚。《太平經》中已經出現，東漢碑刻亦見，「守一不歇，比性乾坤。」（嵩高山開母廟石闕銘）「守一不失，為天下正。」（老子銘）〔註1〕

〔註1〕 此二例轉引自劉志生《東漢碑刻複音詞研究》，華東師範大學 2005 屆博士學位論文，149 頁。

作為一個道教專業術語，本經多有所見。對於「一」，《太平經》中有明解：
「□者，心也，意也，志也。」（卷 92／萬二千國始火始氣訣／p369）「（守一）
這是極度調動起意念力，把它全身心投注在守持對象上的修煉方法，屬於氣
功中的意守功。」〔註 2〕據蕭登福研究：「《太平經》中所見的『守一』，其目
的，不外於強調內在之精、氣、神相守為一，並須與外在之形體契合不離；
形、神相守，不可相疏離，才能達到長生久視，度世不死；此為《太平經》守
一之意。」〔註 3〕

關於「守一」之緣起，學界曾存在一些爭議。湯用彤疑其取自佛家禪觀，
因「守一」一語屢見於漢魏所譯之佛經中，「據此則『守一』蓋出於禪支之『一
心』。而《太平經》之守一，蓋又源於印度之禪觀也。」〔註 4〕對於此觀點，饒
宗頤予以反對：「漢魏所譯佛經，亦每見『守一』語。如《法句經》：『守一以
正身。』是守一為東漢道家所恒言，故取之以譯釋氏之『禪定』，亦格義之一
例。湯錫予疑《太平經》之『守一』，源於印度之禪觀，按不如以格義說之較
妥。」〔註 5〕李養正進一步指出：「足見漢魏佛道經籍中所講到的『守一』、『一
心』，皆濫觴於《老子》之『抱一』、『得一』和《莊子》中之『唯神是守』、『神
將守形』、『貴一』、『一心』。……『守一』一語，籠統聽之，似乎含意一致，
而實際則並不單純。在佛教，或曰『禪定』、『一心』、『守意』，或謂注守鼻端；
在道教則或曰守道、守神、守氣，或謂凝神內視、神氣合一、存神守一，或謂
無視無聽無搏混而為一，或意守丹田（或某一穴位）等。蓋用語為一，而含意
則不盡相同。佛經、道經皆不過在保持自身特點的前提下，因循沿用已流行於
社會之養生法術語而已。未必可以定言為誰『竊取』誰！如果追根溯源，則『守
一』之法中土固已有之，絕非外來品也！」〔註 6〕如今更多的學者認為「守一」
源於中國本土而絕非來自異邦。

「守一」對佛經翻譯的確產生了一些影響，「安世高《佛說大安般守意經》
卷上說：『守意為止也。』……其譯名的由來，亦和當時道教流行的『守一』

〔註 2〕楊寄林《太平經今注今譯》，107 頁。
〔註 3〕蕭登福《六朝道教上清派研究》，361 頁。
〔註 4〕湯用彤《讀〈太平經〉書所見》，《湯用彤學術論文集》，中華書局，1983 年，73 頁。
〔註 5〕饒宗頤《老子想爾注校證・箋證》，上海古籍出版社，1991 年，59 頁。
〔註 6〕李養正《道教「守一」法非濫觴佛經議》，陳鼓應主編《道家文化研究》（第七輯），
　　　　上海古籍出版社，1995 年，136 頁。

法門有密切關係。『守一』是指專注凝守精神魂魄，使與形體合為一體不相離；『守意』由名相來思議，應是專守意念，和安世高自己所下的定義有差距，安世高刻意採用『守意』為譯名，應是想攀援當時流行的『守一』說法而來。」〔註7〕「東漢末來東吳的月氏僧人支謙，他譯《法律三昧經》中便列有『外道五通禪』，解釋此種禪法為『守一』，『存神導氣，養性求升，禍消福盛，思致五通，壽命長久，名曰仙人。』這表明道教的『守一』之法，已為佛教融攝為禪法之內容。」〔註8〕

樂欲　欲樂

江藍生認為：「樂，表示意願，相當於『願，願意，打算，欲』，又有『樂欲』連文而用者」〔註9〕，舉《高僧傳》用例。竊以為尚有可言者，茲申述如下：

（1）『樂欲』連文而用者，早在東漢《太平經》中已可見到，且多達17處。如「子連時□□問，必樂欲知其大效；其效相反，猶寒與暑，暑多則寒少，寒多則暑少。」（卷42／驗道真偽訣／P92）「吾常樂欲言，無可與語。今得真人問之，心中訣喜，且為子具分別道之，不敢有可隱匿也。」（卷45／起土出書訣／P112）「今子難問不止，會樂欲知之，欲致善者但正其本，本正則應天文，與聖辭相得，再轉應地理，三轉為人文，四轉為萬物。」（卷51／校文邪正法／P188）「子樂欲正天地，但取微言，還以逆考，合於其元，即得天心意，可以安天下矣。」（卷51／校文邪正法／P190）「故治樂欲安國者，審其署置。夫天生萬物，各有材能，又實各有所宜，猶龍昇於天，魚遊於淵，此之謂也。」（卷54／使能無爭訟法／P205）「治樂欲無事，慎無失此，此以繩正賢者。今重丁寧以曉子。」（卷68／戒六子訣／P258）「然，夫上善大樂歲，凡萬物盡生善，人人歡喜，心中常樂欲歌舞，人默自相愛，不變爭，自生樂，上下不相剋賊，皆相樂。」（卷116／某訣／P646）

（2）「樂欲」亦可逆序為「欲樂」，《大詞典》失收，《太平經》中共54見，出現頻率大大高於「樂欲」，值得關注。「夫人欲樂全其身者，小人尤劇，子亦知之乎？」（卷47／上善臣子弟子為君父師得仙方訣／P136）「夫天文亂，欲樂見理，若人有劇病，欲樂見治也，何以乎哉？」（卷51／校文邪正法／P188）

〔註7〕蕭登福《道家道教與中土佛教初期經義發展》，上海古籍出版社，2003年，100頁。
〔註8〕李養正《道教經史論稿》，368～369頁。
〔註9〕江藍生《魏晉南北朝小說詞語匯釋》，121頁。

「觀此之治，足以知天氣上下中極未失治。欲樂第一者宜象天，欲樂第二者宜象地，欲樂第三者宜象人，欲樂第四者宜象萬物。」（卷53／分別四治訣／P198）「令後世忽事，不深思惟古聖人言，反署非其職，責所不能及，問所不能睹，盲者不睹日，瘖者不能言，反各趣得其短，以為重過，因而罪之，不為欲樂相利佑，反為巧弄上下，迭相賊害，此是天下之大敗也。」（卷54／使能無爭訟法／P204）「念天地使父母生長我，不欲樂我為惡也，還考之於心乃行。心者，最藏之神尊者也。」（卷96／忍辱象天地至誠與神相應大戒／P426）「今子言是也，又非也。今下智過於上者，乃謂不當。使下智為巧偽之法，其智過其上，則還欺其上。子欲樂知其效，比若教學，巧家弟子智過其師，則還害其師矣。」（卷97／事師如事父言當成法訣／P435）

（3）「樂」有「樂於、樂意」義，《戰國策‧楚策一》：「法令既明，士卒安難樂死。」《史記‧白起王翦列傳》：「前秦已拔上黨，上黨民不樂為秦而歸趙。」後來進一步抽象引申出「願，願意，打算，欲」義。〔註10〕《呂氏春秋‧務大》：「然後皆得其所樂。」高誘注：「樂，願也。」玄應《一切經音義》卷二「樂香」注云：「樂，樂欲也。」又卷六：「好樂」條注曰：「樂，猶欲也。」

《說文‧欠部》：「欲，貪欲也。」後來由名詞引申出動詞用法，《禮記‧大學》：「古之欲明欲德於天下者，先治其國。」《漢書‧枚乘傳》：「欲人不聞，莫若勿言。」這裏的「欲」都有想要、打算的意思。太田辰夫認為：「『欲』自上古即用，中古有多種複合詞，如『欲得』『欲擬』『意欲』『思欲』等等。這個詞在現代漢語裏相當於『要』，但中古這個意思的『要』尚未使用。」〔註11〕「上古的『願』，中古多說『樂』，另又複合為『願樂』。」〔註12〕「欲」「樂」二字在「希望，打算」這個義位上，組成一個同義複合詞，〔註13〕太田未發現此用法。

其他文獻用例如《論衡‧定賢》：「富貴人情所貪，高官大位人之所欲樂，去之而隱，生不遭遇，志氣不得也。長沮、桀溺避世隱居，伯夷、於陵去貴取賤，非其志也。」唐張隨《上將辭第賦》：「豈惟獻俘而執馘，抑亦開疆而拓土？

〔註10〕俞理明、顧滿林《東漢佛道文獻詞彙新質研究》也認為「樂」有「想要」義。（商務印書館，2013年，235頁。）

〔註11〕（日）太田辰夫著，江藍生、白維國譯《漢語史通考》，重慶出版社，1991年，31頁。舉後漢《大方便佛報恩經》卷2：「今者大王，云何直欲得聞？」例。

〔註12〕同上。舉《賢愚經》卷11：「請棄此牛，不樂剜眼截他舌也。」

〔註13〕俞理明、顧滿林《東漢佛道文獻詞彙新質研究》將「欲樂」釋為「希望；想要」，《太平經》中亦見其同義詞如「思樂」、「欲念」。（商務印書館，2013年，235頁。）

苟不能上安社稷，外寧寰宇，雖欲樂鐘鼎而徒為。」〔註14〕《太平御覽》卷四百七十四《人事部一百一十五・禮賢》：「劉條先聖本紀曰：『伊尹耕於有莘之野，王馳往見之。彭氏子諫曰：伊尹賤人，可徒致之，君無辱車乘。』王曰：『夫一草之本，可已天子病者，天子難欣喜食之。子誠不欲樂人病也。遂黜彭氏之子。』」《大詞典》失收「樂欲」的這個義項。

無　無有

「凡事無大無小，皆守道而行，故無凶，今日失道，即致大亂。」（卷18～34／安樂王者法／P21）

「故凡事者，當得其人若神，不得其人若妄言。得其人，事無難易皆可行矣，不得其人，事無大小皆不可為也。是故古聖賢重舉措，求賢無幽隱，得為古。得其人則理，不得其人則亂矣。」（卷50／諸樂古文是非訣／P184）

「萬物雖俱受陰陽之氣，比若魚不能無水游於高山之上，及其有水，無有高下，皆能游往。」（卷54／使能無爭訟法／P203）

「夫皇后之行，正宜土地，地乃無不載，大小皆歸，中無善惡，悉包養之。」（卷56～64／闕題／P220）

「凡民者象萬物，萬物者生處無高下，悉有民，故象萬物。」（卷56～64／闕題／P222）

「是故常力之人，日夜為之不懈，聚之不止，無大無小物，得者愛之。」（卷67／六罪十治訣／P251）

「常言人無貴無賤，皆天所生，但錄籍相命不存耳。」（卷112／有過死謫作河梁誡／P576）

「今故承天心意，為太平道德之君作來善，致上皇良平之氣宅於四達道上也，欲樂四方悉知德君有此教令，翕然俱喜，各持其善物殊方，來付歸之於上，無遠近悉出也，無復斷絕者也。」（卷88／作來善宅法／P335）

「生長自成覆葉實，令給人地之長，名為水母，民名為瓜，盛

〔註14〕《全唐文》第10部卷九百一，9404頁。

夏熱時，以當水漿，天下所仰，人無大小皆食之。」（卷 110 / 大功益年書出歲月戒 / P541）

「故但得而力行之者，即其人也，無有甲與乙也。」（卷 93 / 效言不效行致災訣 / P401）

「各自該理其身，欲副太上之意，何時敢懈，恐失其宜。效日自進，不須神言。乃而欲自成，欲得久視，與天上諸神從事，無有大小，皆相關知。」（卷 114 / 不用書言命不全訣 / p613）

「五氣相連上下同，六甲相屬上下同，十二子為合上下著，無有遠近皆相通。」（卷 117 / 天咎四人辱道誡 / P664）

按：「無」有「無論、不論」義，《中古漢語讀本》已發之〔註15〕，但不甚詳細，尚有可申述者。不但「無」有「無論，不論」義，「無有」亦有「無論，不論」義〔註16〕。「無」表「無論，不論」義，後面可緊跟兩個相反的語法成分，即「無AB」式，如「無難易」、「無善惡」，也可兩個「無」間隔重復出現，即「無A無B」式，如「無貴無賤」、「無大無小」。

然而，「無有」的用法相對單一，都是直接緊跟兩個相反的語法成分，即「無有AB」式，如「無有高下」、「無有遠近」，有時 AB 中間也可插入一個連接詞，如「無有甲與乙」。從總體出現頻率來看，「無」比「無有」更常用。「無有」的「無論，不論」義，各辭書均不載，故特表出之。

欺枉

《大詞典》釋作欺負，書證為漢王符《潛夫論·三式》：「何得坐作奢僭，驕育負責，欺枉小民，淫恣酒色，職為亂階，以傷風化而已乎？」《紅樓夢》第七三回：「沒有個為他們反欺枉太太們的理。」

按：《大詞典》之解說存在兩方面問題：

其一，傳世文獻「欺枉」有二義，一乃欺騙，如《南齊書·列傳第九》：「實宜清置廷尉，茂簡三官，寺丞獄主，彌重其選，研習律令，刪除繁苛。詔獄及兩縣，一月三訊，觀貌察情，欺枉必達。使明慎用刑，無忝大《易》；寧

〔註15〕方一新、王雲路《中古漢語讀本》（修訂本），138 頁。
〔註16〕另外，某些注本認為「何」亦有「不論，無論」義，「夫子何男何女，智賢力有餘者，尚乃當還報復其父母功恩而供養之也，故父母不當隨衣食之也。」（卷 35 / 分別貧富法 / P35）《正讀》45 頁認為：「何男何女，無論是男是女。何，無論。」

失不經，靡愧《周書》。」宋代靈芝元照律師《四分律行事鈔資持記》卷9：「五分通單白，四分唯白二，餘人即佐助者。誣謂欺枉，四分緣起，即沓婆羅漢厭無學身求堅固法。佛令營僧事。」（40／311a）明熊大木《大宋中興通俗演義·冥司中報應秦檜》：「此皆歷代宦官，漢之十常侍，唐之李輔國、仇士良、王守澄、田令孜，宋之閻文應、童貫之徒。曩者長養禁中，錦衣玉食，欺枉人主，妒害忠良，濁亂海內，今受此報，應劫而不原也。」清代《好逑傳》第一回：「侯轉辦一本，說你父親譭謗功臣，欺枉君上。」二乃欺負，如東晉佛馱跋陀羅譯《大方廣佛華嚴經》卷12：「『云何五怖，此國獨無？』答言：『仁者：一王德簡儉，財賦均平，無國王貪奪怖。二王族貞賢，不貪為寶，無近臣侵抑怖。三宰官循職，惠恕充懷，無酷吏傷殘怖。四人皆義讓，國無欺枉，無盜賊偷劫怖。五鄰境雍和，承風向化，無外境寇難怖。』」（10／715b）《大詞典》僅單列一個義項，失於全面。據筆者考察，傳世文獻此詞用例不多，不超過十例，且以「欺騙」義用法居多。

其二，《大詞典》書證有問題，因對語義失於考察，加之對書證語境未作仔細分析，其所舉《紅樓夢》第七三回：「沒有個為他們反欺枉太太們的理。」並非「欺負」義，而是「欺騙」，其語境如下「迎春說：『這件窗簾斗篷穿上不像小姐，倒像洋娃娃，太太知道了定然不依，也罷，讓我穿我就穿，不讓我穿我就不穿，任憑你們處置，太太知道了，若可以遮飾過去是你們的造化，若瞞不住，我也沒法，再沒有為你們反欺枉太太的理。』」文中前言「瞞不住」，後言「欺枉」，很明顯，此處「欺枉」乃「欺騙」；再者，按地位的長幼尊卑，迎春也不可能「欺負」得了太太。下面我們來看《太平經》之用例：

「惟太上之君有法度，開明洞照，可知無所不通，豫知未然之事。神靈未言，豫知所指，神見豫知，**不敢欺枉，了然何所**。復道太上之言，何有不動乎？」（卷114／九君太上親訣／p594）

對於這一段話的句讀和解釋，各注本存在諸多分歧，現分條論述如下：

第一，句讀問題。《合校》的句讀存在明顯問題，「何所」為一疑問詞，「了然」作為形容詞放在「何所」前，解釋不通。《正讀》438頁改作「不敢欺枉，了然何所復道？」《注譯》984頁同《正讀》。《今譯》1350頁斷為「不敢欺枉了然」，按照如此句讀，那麼「了然」就成了一個名詞，考之於傳世文獻，「了

然」很難發現作為名詞的用法，於古無徵。

第二，注釋問題。對於「欺枉」一詞，《正讀》438 頁釋作「欺騙」，《今譯》1350 頁釋作「欺詐矇騙」，《注譯》1013 頁釋作「欺騙隱瞞」，《全譯》1188 頁：「欺枉，當作『欺罔』，即欺騙蒙蔽……後世有『欺君枉法』，故抄者誤以『欺枉』改『欺罔』，二詞性質不同，不能相混，今正。」竊以為，《正讀》的解釋恰當明瞭，《今譯》、《注譯》的解釋近是，但略顯迂曲。《全譯》之觀點非是，文獻中，不僅有「欺罔」，亦有「欺枉」，並非「抄者誤以『欺枉』改『欺罔』」；二者語義相近，而非「性質不同，不能相混」。綜合對比，以《正讀》之觀點為佳。另外，「了然」一詞，乃「明白；清楚」，唐白居易《睡起晏坐》詩：「了然此時心，無物可譬喻。」元辛文房《唐才子傳·周繇》：「考其時變，商其格制，其邪正了然在目，不能隱也。」《今譯》1350 頁釋作「明擺著的事」，《注譯》984 頁同《今譯》，恐非。

當來

「天君言，善信舉之，惡無信下之，不但天上欲得善信人也，中和地下亦然。人不深知當來之事，故使有心志之久久與大神同路，是天之所近。比如國有忠臣良吏，不離左側。」（卷 111 / 大聖上章訣 / p545）

按：「當來」一詞，學界多有討論，但關於其來源，尚有分歧。梁曉虹認為：「（『當來』）唐宋時常見的表時間的口語詞……『當來』源自佛家時間語詞『三世』之一——未來。……漢語中本有時間詞『將來』，如西漢楊雄《長楊賦》：『延光於將來，比號乎往昔。』《漢書·匈奴傳下》：『消往昔之恩，開將來之隙。』……而『將』又作『當』，故『將來』也寫作『當來』。」〔註17〕顏洽茂則認為：「『當來』猶將來、未來。『當』有將義，王引之《經傳釋詞》卷六『當猶將也』，起源甚早，《儀禮》特牲饋食禮『佐食當事』鄭玄注『當事，將有事而未至』。六朝譯經外義仍如此。……張相《詩詞曲語辭匯釋》卷六：『當來，猶云將來也。』其實，『當來』為俗語，除譯經外，六朝至宋元文籍中屢見。」〔註18〕董志翹認為：「『當來』亦有『即將』之義，『來』是時間詞

〔註17〕梁曉虹《佛教詞語的構造與漢語詞彙的發展》，北京語言學院出版社，1994 年，209 頁。
〔註18〕顏洽茂《佛教語言闡釋——中古佛經詞彙研究》，杭州大學出版社，1997 年，106 頁。

的後綴。」〔註19〕胡敕瑞指出：「當來，將來。是一個始見於東漢佛典的新興複音詞。」〔註20〕

　　竊以為梁先生的觀點不盡符合史實。《大詞典》所舉「當來」表「將來」義的中土文獻用例最早是北齊魏收《魏書・崔亮傳》：「但令當來君子，知吾意焉。」（《太平經》的用例姑且不定論確為「將來」義，但至少可以說最晚北齊時魏收所著《魏書》中已有此用法。）眾所周知，「六朝史書的語言總是較為典雅規範，口語材料不很集中，有着史書語言特有的共性。」〔註21〕佛經語言要想影響到史書語言是比較困難的，說「當來」源自佛家時間語詞有些牽強，東漢佛典中「當來」一詞不超過十例，且都集中在《道行般若經》、《中本起經》，二者非一人所譯，不一定是譯者的個人言語，東漢譯經與《太平經》年代相近，「當來」很可能是活躍於民間的現實口語，由於種種原因，保留下來的中土傳世文獻記載甚少。

　　漢譯佛經固然是中古漢語研究的可貴語料，值得高度重視，但相對於流傳千年的眾多中土傳世文獻，它就有點「小巫見大巫」了。我們進行漢語詞彙史研究，一定要尊重語言史實，語言是文化的反映，漢語更是深深植根於漢文化，我們要利用漢譯佛經，但也不能過於誇大其作用，捨近求遠，把所有詞語的來源都往漢譯佛經上拽。正如方一新在談及朱慶之《佛典與中古漢語詞彙研究》時所指出的那樣：「不足之處是：強調佛典在中古漢語詞彙史的價值方面稍感過頭。理想的詞彙史研究應該把佛典與中土典籍結合起來，缺一不可。」〔註22〕所以，研究漢語詞彙源流，首先應考慮古今中土典籍，如果難尋其源，然後再考慮是否受到佛典等外來文化的影響。

十百　十十百百　百百十十　十十

　　「常效以五五二十五氣，應為二十五家，二十五丘陵，書十百相應，地識也。」（卷50／移行試驗類相應占訣／P171）

　　「今文書積多，願知其真偽然故，固若子前日所問耳。十百相

〔註19〕董志翹、蔡鏡浩《中古虛詞語法例釋》，97 頁。
〔註20〕胡敕瑞《論衡與東漢佛典詞語比較研究》，49 頁。
〔註21〕方一新《東漢魏晉南北朝史書詞語箋釋・前言》，黃山書社，1997 年，2 頁。
〔註22〕方一新《20 世紀中古漢語詞彙研究》，朱慶之主編《中古漢語研究》（二），商務印書館，2005 年，37 頁。

應者是也，不者，皆非也；治而得應者是也，不者，皆偽行也。」
（卷51／校文邪正法／P191）

「知戒之後，可無有疑，十百相應，何有脫時？」（卷112／衣履欲好誡／P581）

按：「十百」在上古是一個數詞，前面經常帶有「數」字，形成「數十百」結構，表示接近一百〔註23〕。《史記・項羽本紀》：「門下大驚，擾亂，籍所擊殺數十百人。」《索隱》：「自百已下，或八十九十，故云數十百。」《漢書・陳勝項籍傳》：「羽乃馳，復斬漢一都尉，殺數十百人。」顏師古注：「數十百人者，八十九十乃至百也。」到了《太平經》中，「十百」開始逐漸虛化為一個範圍副詞，表示「全部，全都」。

《說文・音部》「章」字下云：「十者，數之終。」《易・屯》「十年乃字」孔穎達疏：「十者，數之極也。」《論語・公冶長》「回也聞一知十」邢昺疏：「十者，數之終也。」《說文・白部》：「百，十十也。」《禮記・檀弓下》「用於百事」顏注：「言百者，舉其全數也。」《詩・邶風・雄雉》「百爾君子」朱熹集傳：「百，猶凡也。」《經傳釋詞・補遺》：「百字，並如凡義。」蓋因「十」「百」單用都可表示極大數、全數，所以，「十百」連文可表「都，完全」。

這時的「十百」表「全部」尚處於一種不穩定狀態，可以重疊為「十十百百」，如：「是者天地人精鬼使之，得而十十百百而治癒者，帝王上皇神方也。」（卷50／生物方訣／P173）「以五五二十五家丘陵效之，十十百百相應者，地陰寶書文也。」（卷50／葬宅訣／P182）「或今日吞吾字，後皆能以他文教，教十十百百而相應，其為道須臾之間，乃周流八方六合之間，精神隨而行治病。」（卷92／洞極上平氣無蟲重複字訣／P381）

亦可重疊為「百百十十」，如：「其書文占事，百百十十相應者是也，不相應和者非也。」（卷50／去邪文飛明古訣／P170）「欲知其審，以五五二十五事試之，取故事二十五，行事二十五家，詳記其歲日月時所從來，其五音屬誰手，以占吉凶，驗百百十十相應者是也。」（卷50／移行試驗類相應占訣／P171）「愈者，名為立愈之方；一日而愈，名為一日而愈方；百百十十相應愈者是也。」（卷50／草木方訣治事立訣／P172）

〔註23〕楊伯峻、何樂士《古漢語語法及其發展》，語文出版社，2001年第2版，192頁。

「十十」單言亦可表示「全都」義。「丹明耀者,大刻之文字也,可以救非禦邪。十十相應愈者,天上文書,與真神吏相應,故事效也。」(卷50/丹明耀禦邪訣/P172)「其祝有可使神佽為除疾,皆聚十十中者,用之所向無不愈者也。但以言愈病,此天上神讖語也。良師帝王所宜用也,集以為卷,因名為祝讖書也。是乃所以召神使之,故十愈也。十九中者,真神不到,中神到,大臣有也。十八中者,人神至,治民有也。」(卷50/神祝文訣/P181)「凡書為天談,十十相應者是也,十九相應者小邪矣,十八相應者小亂矣,過此而下非真,不可用也。」(卷70/學者得失訣/P277)

經查考,暫未在其他典籍中發現「十百」、「十十」作為範圍副詞的用例,應該看作該書的特殊詞語,《大詞典》失收「十百」、「十十」、「百百十十」、「十十百百」。

悉盡　悉具　都並　都畢

「子生積歲月日幸不少,獨不見擾擾萬物之屬,悉盡隨德而居,而反避刑氣邪?」(卷44/案書明刑德法/p104～105)

「飛明者,三光之小者也,皆連於地下,乃上懸繫於天,其動與地人民萬物相應和,是要文之證也。其書文占事,百百十十相應者是也,不相應和者非也。以是升量平之,其邪文邪書悉盡絕去矣。」(卷50/去邪文飛明古訣/p170)

「愚生受書眾多,大眩童蒙,不知當復問何等哉?唯天明師,悉具陳列其誡。」(卷35/分別貧富法/p33)

「善哉,子有謹良之意,且可屬事行。今子樂欲令吾悉具說之耶?」(卷37/五事解承負法/p57)

「是故天使吾深告勅真人,付文道德之君,以示諸賢明,都並拘校,合天下之文人口訣辭,以上下相足,去其復重,置其要言要文訣事,記之以為經書,如是乃後天地真文正字善辭,悉得出也。」(卷41/件古文名書訣/p86)

「何況乃一州一郡一縣一鄉一亭,郡有非常事,陽陽何可隱?猶為旁人所得長短,故善惡都畢出,天乃大喜,災除去,與流水無異也。」(卷86/來善集三道文書訣/p319)

按：四詞皆為表總括的範圍副詞，都。《大詞典》皆漏收。對於這種情況，可能主要是人們的主觀認識原因。「到了漢代虛詞連用很普遍，開始了虛詞的複音化進程，虛詞複音化不甚明顯，又似乎遠遠晚於實詞，至今尚未引起足夠重視。」〔註24〕經調查，《太平經》中複音虛詞以副詞最多，總括範圍副詞又是副詞中數量最多的，佛經中也有類似現象，梁曉虹《佛教與漢語詞彙》如此解釋其成因：「這是因為佛所面對的是各類有生命的芸芸眾生，站在這樣廣大的立場上看問題，所以佛經中常出現極大的數目、概括的泛指的名詞以及表總括的副詞。」〔註25〕應該說，同樣作為宗教文獻，為了顯示其教義的神通廣大與至高無上，作為道教經典的《太平經》也出現了很多總括範圍副詞，這種語言文化交織的現象值得注意。

精物

「今人實惡，不合天心，故天不具出其良藥方也，反日使鬼神精物行考，笞擊其無狀之人，故病者不絕，死者眾多也。」（卷47／上善臣子弟子為君父師得仙方訣／P138～139）

「行不善，自勿怨，他人輒有注錄之者，無所復怨。讀書知意，戒慎神書，精物鬼使，皆有所因。」（卷112／貪財色災及胞中誡／P566）

「各有府縣郵亭主者長吏，察之如法。勿枉天克鬼神精物，如是上下合通行書，各如舊令。」（卷112／有過死謫作河梁誡／P579）

「事邪神之家自言我神正神者，教其語。邪神精物，何時敢至天君之前，而求請人乎？但費人酒脯棗饊之屬。」（卷114／病歸天有費訣／P620）

「是故神應天氣而作，精物應地氣而起，鬼應人治而鬥。」（卷118／天神考過拘校三合訣／P673）

按：精物，即鬼魅，同義連文。「精」之「鬼怪」義為人所熟知，如《文選・宋玉〈神女賦〉》：「精交接以來往兮」李善注：「精，神也。」晉干寶《搜

〔註24〕萬佳才《東漢譯經中的雙音節時間副詞》，《西昌師範高專學報》2000年第1期。
〔註25〕梁曉虹《佛教與漢語詞彙》，臺北佛光文化實業有限公司，2001年，355頁。

神記》卷十九：「寬窺二翁形狀非人……問：『汝等何精？』翁走，寬呵格之，化為二蛇。」

「物」指鬼魅精怪似稍顯陌生，實際上「物」的「鬼魅」義為古籍所習見，兩漢文獻中多有所見。《史記・扁鵲倉公列傳》：「乃出其懷中藥予扁鵲：『飲是以上池之水，三十日當知物矣。』」司馬貞索隱：「服之三十日，當見鬼物也。」《史記・孝武本紀》：「能使物，卻老」《集解》引如淳曰：「物，鬼物也。」漢應劭《風俗通・怪神・世間多有精物妖怪百端》：「汝南有許季山者，素善卜卦，言家當有老青狗物。」吳樹平《校釋》引孫詒讓《札迻》：「按古書多謂鬼魅為『物』。《漢書・郊祀志》云：『有物曰蛇。』顏注云：『物謂鬼神也。』《春秋繁露・王道》篇云：『乾溪有物女。』此云『狗物』，猶言『狗魅』也。」《漢書・宣元六王傳》「或明鬼神，信物怪」楊樹達《窺管》云：「物當讀為魤。《說文・鬼部》云：「魤，老物精也。或作魅……魤字從鬼，而與人死為鬼者不同。顏云物亦鬼，非也。」

「精物」一詞在《太平經》中共 7 見，在其他文獻中也有用例，《潛夫論・卷六》「然智者守其正道而不近於淫鬼，所謂淫鬼者，閑邪精物非有守司真神靈也。」《雲笈七籤》卷十九《第五十五神仙》：「以丹書制百邪符，置於甕水上。邪鬼見之，皆自然消去矣。諸精鬼魅龍蛇虎豹六畜狐狸魚鱉龜飛鳥麞鹿老木皆能為精物犯人者，符刻之，斬之付河伯。」又卷八十二《神仙去三蟲殺伏屍方》：「章陸根，味酸，有毒，主胷中邪氣，塗癰腫，殺精物，煉五藏，散水氣。根如人形者，神生，故墟田間三月八月採。」《太平御覽・子部》卷九百九十一《鬼督郵》：「本草經曰：『鬼督郵，一名赤箭，一名離母。味辛溫，生川穀，殺鬼精物，治蟲毒惡氣。』」《大詞典》失收該詞，當補。

慁負

《大詞典》釋作過失，書證為《三國志・魏書・滿寵傳》「初，或融聞考掠彪，皆怒，及因此得了，更善寵」南朝宋裴松之注：「臣松之以為楊公積德之門，身為名臣，縱有慁負，猶宜保祐。」據《太平經》可提前，如「思念在身，行無慁負，微稟自然，數見戒前後可知。」（卷 111／善仁人自貴年在壽曹訣／p549）「有知之人多所分明，但恐當時有不如言耳，何嫌不相白說，其人有心自思慁負也。」（卷 111／有心之人積行補真訣／p560）「行且各為身計，

勿益後生之患,是為中善之人。不者,欲為惡人也,天所不祐,地不欲載,致當慎之,勿有愆負,財得稱人耳。」(卷 114 / 見誡不觸惡訣 / p601)

「愆」即罪過之意。道經中多見,據周作明研究,上清經中「愆」常與「違、負、犯」對舉,如:愆盟違信。(3 / 421b)無盟而輕泄,則愆天信。(33 / 778b)愆盟負誓,七祖充責,己身亡命。(34 / 16c)〔註 26〕

依止

「是惡之極,為鬼復惡,何所依止。」(卷 114 / 不孝不可久生誡 / p599)

「家長大人,無所依止,貧無自給,使行事人。」(卷 114 / 大壽誡 / p617)

「招藏我父,晨夜啼吟,更無依止,甚哉痛乎!父時為惡,使子無所依止,淚下如行,自無干時。」(卷 114 / 大壽誡 / p618)

按:《大詞典》釋作依託;依附。例證有五:《周禮·春官·肆師》「祭兵於山川」漢鄭玄注:「山川蓋軍之所依止。」唐李延壽《北史·藝術傳上·殷紹》:「興將臣到陽翟、九崖巖沙門釋曇影間,興即北還。臣依止影所,求請《九章》。」唐許堯佐《柳氏傳》:「有妾柳氏,阻絕兇寇,依止名尼。」元辛文房《唐才子傳·皎然上人》:「李端在匡嶽,依止稱門生。」清方文《石橋懷與治》詩:「三日不相見,形神罔依止。」竊以為《大詞典》釋義不準確,應分為兩個義項;所舉例証也應分列不同義項。茲申述如下:

1. 依託;依附。如以上《太平經》諸例,再如《說文·山部》:「海中往往有山可依止曰島。」《搜神記》卷二十:「唯姥宅無恙,迄今猶存。漁人採捕,必依止宿,每有風浪,輒居宅側,恬靜無它。」《資治通鑒》卷第二百五十四:「是後,駢於道院庭中刻木鶴,時著羽服跨之,日夕齋醮,煉金燒丹,費以巨萬計。用之微時,依止江陽後土廟,舉動祈禱。」紀昀《李生恨事》:「煙水渺茫,不知何處。至家,供張亦甚盛。及觀所屬筆劄,則綠林豪客也。無可如何,姑且依止。慮有後患,因詭易里籍姓名。」《大詞典》所舉《周禮·春官·肆師》漢鄭玄注、清方文《石橋懷與治》詩二例屬此義。

〔註 26〕轉引自周作明《東晉南朝道教上清派經典行為詞新質研究》,四川大學 2007 年博士學位論文,217 頁。

2. 梵語 āśraya 的意譯。丁福保《佛學大詞典》認為：「即依存而止住之意；或以某事物為所依而止住或執著。又一般謂依賴於有力、有德者之處而不離，亦稱為依止。」如後秦鳩摩羅什譯《法華經》卷 1：「若有若無等，依止此諸見。」（9／8b）元魏吉迦夜共曇曜譯《雜寶藏經》卷2：「佛在王舍城，諸比丘白佛言：『世尊，依止提婆達多，常得苦惱；依止如來世尊者，現得安樂，後生善處，得解脫道。』」（4／454c）唐釋道世《法苑珠林》卷第六十四：「我當為汝作依止處，使彼乞者心得清涼。」宋釋贊寧《宋高僧傳》卷第二十一《唐成都府永安傳》系曰：「觀夫對法論中有清淨依止，住食示現依止。住食二種，則羅漢菩薩佛也。若然者，安公是示現依止住食，雖食不食，滓穢奚生？必也正名，以召其體哉。」《大詞典》所舉其他三例皆屬此義。

董志翹在談佛教典籍口語詞向中土文獻的擴散時，曾指出：「漢譯佛典的詞語（或詞義）是如何影響中土文獻的詞語（或詞義）的？換言之，即：漢譯佛典的詞語（或詞義）是怎樣在中土文獻中擴散開來的？近年來筆者在進行中古漢語研究的過程中感到，這是一種逐步的，由近而遠的擴散。率先受到影響的，便是一些與佛教有直接關係的中土文獻。比如：僧人的行記、僧人的傳記、寺院記、名僧學者宣揚佛教理論的論著以至兩晉南北朝時期盛行的大量『志怪小說』中的『釋氏輔教之書』等等與佛教有關的文獻。」〔註27〕

傳世早期中土文獻中「依止」並不多見，自從被佛教借用後，用例明顯見多。尤其是唐代禪詩用例極多，如白居易《贈別宣上人》詩：「修道來幾時，身心俱到此。嗟余牽世網，不得長依止。離念與碧雲，秋來朝夕起。」孟浩然《雲門寺西六七里，聞符公蘭若最幽，與薛八同往》詩：「四禪合真如，一切是虛假。願承甘露潤，喜得惠風灑。依止托山門，誰能效丘也。」杜甫《岳麓山道林二寺行》詩：「昔遭衰世皆晦跡，今幸樂國養微軀。依止老宿亦未晚，富貴功名焉足圖。」李群玉《飯僧》詩：「一落喧嘩競，棲心願依止。」嚴維《送桃岩成上人歸本寺》詩：「道具門人捧，齋糧穀鳥銜。餘生願依止，文字欲三緘。」劉長卿《偶然作》詩：「野寺長依止，田家或往還。老農開古地，夕鳥入寒山。書劍身同廢，煙霞吏共閑。」劉長卿《寄普門上人》：「聞在千峰裏，心知獨夜禪。辛勤羞薄祿，依止愛閑田。」這些反映文人修行悟道生活的

〔註27〕董志翹《〈高僧傳〉詞語通釋——兼談佛教典籍口語詞向中土文獻的擴散》，收入氏著《中古文獻語言論集》，巴蜀書社，2000年，1～2頁。

禪詩，多涉佛寺山居，描寫幽深峭曲、潔淨無塵、空澄靜寂的禪境，表現僧人或文人空諸所有、萬慮全消、淡泊寧靜的心境。

唐代志怪小說也有使用，許堯佐《柳氏傳》：「有妾柳氏，阻絕兇寇，依止名尼。」載孚《廣異記‧王老》：「有王老者，常於西京賣藥，累世見之。李司倉者，家在勝業里，知是術士，心恒敬異，待之有加。故王老往來依止李氏，且十餘載。」

記載僧人及居士生活的史書、墓誌中也可找到用例，《漢魏南北朝墓誌彙編》：「兼以信向大乘，遨遊眾善，翹到不已，依止無倦。」唐李延壽《北史‧藝術傳上‧殷紹》：「興將臣到陽翟、九崖巖沙門釋曇影間，興即北還。臣依止影所，求請《九章》。」

特別值得注意的是，這種用法已經進一步影響到了與佛教並無關係的史書和文人詩，如南朝梁蕭子顯《南齊書‧列傳第三十五‧高逸》：「隱居餘不吳差山，講經教授，從學者數十百人，各營屋宇，依止其側。颺士重陸機《連珠》，每為諸生講之。」此例是說隱士沈颺士講《五經》，引來眾多學生相聽。唐徐鉉《奉和宮傅相公懷舊見寄四十韻》詩：「師資稷契論中禮，依止山公典小銓。」此例則是依賴於山公（山濤）之美德來銓選官吏。

茅室

「夫人，天且使其和調氣，必先食氣；故上士將入道，先不食有形而食氣，是且與元氣合。故當養置茅室中，使其齋戒，不睹邪惡，日練其形，毋奪其欲，能出無間去，上助仙真元氣天治也。」

（卷 42 ／九天消先王災法／ p90）

「故上士修道，先當食炁，是欲與元炁和合，當茅室齋戒，不覩邪惡，日錬其形，無奪其欲，能出入無間，上助仙真元炁天治也。」

（卷 42 ／九天消先王災法／ p91）

「其三部界者，夫人得道者必多見神能使之。其上賢明者，治十中十，可以為帝王，使辟邪去惡之臣也；或久久乃復能入茆室而度去，不復譽於俗事也。故守一然後且具知善惡過失處，然後能守道，入茆室精修，然後能守神，故第三也。賢者得拘校古今神書以相證明也。真人知之耶？」「唯唯。」「中賢守一入道，亦且自觀神，

治十中九，可為王侯大臣，共辟除邪惡，或久久亦冀及入茆室矣。

真人知之邪？」（卷 96 / 守一入室知神戒 / p412）

按：茅室，又作「茆室」，道教徒修煉之處。「茆」同「茅」。《周禮·天官·醢人》「茆菹」鄭玄注：「鄭大夫讀茆為茅。」本經多見。茅室（茆室）即後世道教所謂的「靜室」，指道士及信眾用來向神祇奏報、祈禱或實施某種道術之修煉的具有宗教性意義的特定場所。關於「靜室」的構造，《真誥》卷 18《握真輔第二》有如下記載：「所謂靜室者，一曰茅屋，二曰方溜室，三曰環堵。制屋之法，用四柱三桁二梁，取同種材。屋東西首長一丈九尺，成中一丈二尺，二頭各餘三尺，後溜餘三尺五寸，前南溜餘三尺，棟去地九尺六寸，二邊桁去地七尺二寸；東南開戶高六尺五寸，廣六尺五寸。薦席隨時寒暑，又隨月建，周旋轉首。壁牆泥令一尺厚，好摩治之。」此「靜室」乃南北朝天師道館起建前道士修行場所的情況，已不是晉葛洪所描述的入山道士起建的那種簡陋精舍，而是道館的前身。

據姜守誠考察，《太平經》中的「室」字已含靜室之義，但「靜室」一詞卻未在書中出現。據此推斷《太平經》所處的時代雖然已有「靜室」觀念之雛形，但其成熟似當殆至東晉以後〔註28〕。《太平經》中出現的「靜室」的同義詞還有「幽室」、「靖舍」、「齋室」，都指「靜室」而言。

劫人

1. 名詞，強盜。郭在貽曾指出：「『劫』有『劫持』、『劫掠』義，作動詞。由此義而引申之，行劫之人亦得稱『劫』，猶今之強盜也。」所舉例皆出自《南史》、《晉書》〔註29〕。《大詞典》書證為晉干寶《搜神記》卷十七：「有神下其家曰：『我史雲也。為劫人所殺。疾取我衣於陳留大澤中。』家取得一幘。」不僅嫌晚，且為孤證。實則此義還可向前追溯，如《史記·貨殖列傳》：「臨菑亦海岱之間一都會也。其俗寬緩闊達，而足智，好議論，地重，難動搖，怯於眾鬭，勇於持刺，故多劫人者，大國之風也。」《潛夫論·斷訟第十九》：「苟崇聚酒徒無行之人，傳空引滿，啁啾罵詈，晝夜鄂鄂，慢遊是好。或毆擊責主，入於死亡，群盜攻剽，劫人無異。」

〔註28〕姜守誠《〈太平經〉研究——以生命為中心的綜合考察》，361～362 頁。
〔註29〕郭在貽《魏晉南北朝史書語詞瑣記》，《郭在貽文集》第三卷，中華書局，2002 年，45 頁。

2. 動詞，搶劫。《大詞典》失收此義，《太平經》有見。如「親言，汝父少小，父母不能拘止，輕薄相隨，不顧於家，劫人彊盜，殊不而自休止，縣官誅殺，遊於他所，財產殫盡，不而來還故鄉，久在異郡，不審所至，死生不可得知也。」（卷 114／大壽誠／p617）再如《漢書·趙尹韓張兩王傳》：「長安少年數人會窮裏空舍謀共劫人，坐語未訖，廣漢使吏捕治具服。」此義最早可追溯至《史記》，如《史記·貨殖列傳》：「其在閭巷少年，攻剽椎埋，劫人作姦，掘冢鑄幣，任俠併兼，借交報仇，篡逐幽隱，不避法禁，走死地如鶩者，其實皆為財用耳。」《史記·日者列傳》：「為威，以法為機，求利逆暴：譬無異於操白刃劫人者也。」

與共　與俱　共相與

謂共同。《太平經》中多次出現，如「然有故井者，宜使因故相與共飲之，慎無數易之；既易，宜填其故，塞地氣，無使發泄；飲地形，令地衰，不能養物也。」（卷 45／起土出書訣／p122）「災變善惡，是天地之談語，欲有此言也。人尚皆駭畏，且見害於比近所繫屬者，不敢語言泄事，迺相勑教，共背天地，與共斷絕，不通皇天后土所欲言也。」（卷 86／來善集三道文書訣／p316）「他所長吏來考事，安知民間素所苦者乎？或相與厚善，反復相與共隱匿之。」（卷 86／來善集三道文書訣／p325）「後生謹良，為道者不復犯天禁，令使得道而上天，天上更喜之。比若地上帝王得善人，與共為治，亦喜之也。」（卷 117／天咎四人辱道誡／p656）「歸思天師教勑，有不解者，今不自知，當皆以何能聚此諸絕洞虛靖反光能見邪者怪之，今故相與俱來共問之也。」（卷 72／齋戒思神救死訣／p291～292）「貪生惡死，思行天上之神（《合校》：神鈔作事，疑當作事），數使往實核有歲數，乃令拜受不足之文，心言出辭，使知所行防禁，傳示學者，不用神文，言自已齎書且竟，神乃知相對語言，亦連歲月，積千三百二十日，乃將與俱見大神，通元氣，行自然。」（卷 110／大功益年書出歲月戒／p533）「然，所以疑之多者，或五方好猾人，俱自有私怨咎，以公報私，固固可共相與為大欺，猾姦人亂天地道而誤上，故未疾純敢信之也。」（卷 86／來善集三道文書訣／p327）

葛佳才認為：「先秦兩漢文獻中，『與共』、『與相』、『與俱』都可以用來表示幾個主體在同一時間發出同樣的行為，其中『與相』還可倒文作『相與』，並

且與同義語素組合成『相與並』『相與同』『相與俱』『相與共』『共相與』等語義、功能相一致的三音詞。」〔註30〕《大詞典》「與共」、「與相」、「與俱」皆失收，當補。

案行

亦作「按行」、「桉行」，謂遵行奉行。如「道者，乃天所案行也。天者最神，故真神出助其化也。」（卷35／分別貧富法／p32）「行，子以為吾書不可信也。試取上古人所案行得天心而長吉者書文，復取中古人所案行得天心者書策文，復取下古人所思務行得天意而長自全者文書，宜皆上下流視考之，必與重規合矩無殊也。」（卷37／試文書大信法／p56）「真人前，子既來學，當廣知道意，少者可案行耶？多者可案行耶？」「然，備足眾多者，可案行也。」（卷40／分解本末法／p75）「四時天氣，天所案行也，而逆之，則賊害其父。」（卷45／起土出書訣／p114）「俗人言此可耳，不能善也，而按行之，反與天相應，災日除去者，即正文正言正辭也，內獨與天相應，得天地心意之明徵也。」（卷91／拘校三古文法／p358）「故德君桉行，是名為大神人，悉坐知天下之心，凡變異之動靜也。真人知耶？」（卷91／拘校三古文法／p360）後世道經亦見，《雲笈七籤》卷四十一《雜法部·太素真人隱朝禮願上仙法》：「太丹之事，三元之法，唯偶得此隱朝之道，按行之三十年，得乘雲駕欸，升入玄洲。」

《太平經》中還可指天神下凡視察眾生，如「中有聖智，求索神仙，簿書錄籍，姓名有焉。當復上為天之吏，案行民間調和風雨，使得安政，以此書示後生焉。」（卷112／不忘誡長得福訣／p584）「奉職之人，案行民間，使飛蟲施令，促佃者趣稼，布穀日日鳴之。」（大壽誡／p616）後世道經沿用，《抱朴子內篇·祛惑》：「會偓佺子王喬諸仙來按行，吾守請之，並為吾作力，且自放歸，當更自修理求去，於是遂老死矣。」《雲笈七籤》：「時有奉使按行民間，亦不得久止也。」

此義蓋「巡視」義之引申，傳世文獻「巡視」義多見，如《漢書·蓋寬饒傳》：「寬饒初拜為司馬……冠大冠，帶長劍，躬案行士卒廬室，視其飲食居處。」《東觀漢記·東平憲王蒼傳》：「因過按行閱視皇太后舊時衣物。」《三國

〔註30〕葛佳才《東漢副詞系統研究》，9頁。

志‧魏書‧陳矯傳》：「車駕嘗卒至尚書門，矯跪問帝曰：『陛下欲何之？』帝曰：『欲案行义書耳。』」北魏酈道元《水經注‧沁水》：「臣輒按行去堰五里以外，方石可得數萬餘枚。」

對於該詞，時彥多有論及。化振紅認為「按行」為同義複詞，義為巡視。又有查究、察看之義。亦作「案行」。「按行」一詞，始見於南北朝；「案行」則不會晚於東漢後期〔註31〕。陳秀蘭認為「按」「行」同義連文，義為巡視、巡行，晉代佛典已有用例〔註32〕。史光輝認為「案行」東漢佛經已見，並舉《修行本起經》為例〔註33〕。葉貴良將「案行」連言最早書證提前至《管子‧度地》：「與三老、里有司、伍長行里，因父母案行，閱具備水之器。」……「案行」源自漢代監察制度，道經「案行」之「天神下凡視察眾生」義屢見於道教文獻。〔註34〕

首過

「天大寬柔忍人，不一朝而得刑罰也。積過累之甚多，乃下主者之曹，收取其人魂神，考問所為，不與天文相應，復為欺，欺後首過，罪不可貰。」（卷114 / 見誡不觸惡訣 / p600）

「財產不可卒得，行復無狀，財不肯歸，便久不祠，為責安可卒解乎？宜當數謝逋負之過，後可有善，子孫必復長命。是天喜首過，其家貧者，能食穀知味，悉相呼，叩頭自搏仰謝天。」（卷114 / 不可不祠訣 / p605）

「今世之人，行甚愚淺，得病且死，不自歸於天，首過自搏叩頭，家無大小，相助求哀。」（卷114 / 病歸天有費訣 / p621）

按：《廣韻‧宥韻》：「首，自首前罪。」首過，自己承認、交代過失。漢明帝時張角創太平道，以自行首過的方式默禱神靈。《大詞典》書證為《後漢書‧劉焉傳》：「皆校以誠信，不聽欺妄，有病但令首過而已。」南朝宋劉義慶《世說新語‧德行》：「王子敬病篤，道家上章應首過，問子敬『由來有何異同得失？子敬云：『不覺有餘事，唯憶與郗家離婚。』」實則東漢《太平經》已見

〔註31〕化振紅《洛陽伽藍記詞彙研究》，177 頁。
〔註32〕陳秀蘭《敦煌俗文學語彙溯源》，嶽麓書社，2001 年，13 頁。
〔註33〕史光輝《東漢佛經詞彙研究》，浙江大學 2001 年博士學位論文，127 頁。
〔註34〕葉貴良《敦煌道經詞彙研究》，185 頁。

該詞。

首，（供認）伏罪。本經可見，「故使諸神轉相檢持，今悔，其後何須疑？中復為止，亦見考之，不首情實，考後首，便見下。」（卷 112／有過死讁作河梁誡／p579）其他文獻亦見，《漢書・梁孝王劉武傳》：「王陽病抵讕，置辭驕嫚，不首主令，與背畔亡異。」顏師古注：「不首謂不伏其罪也。」《後漢書・西域傳序》：「雖有降首，曾莫懲革，自此浸以疏慢矣。」李賢注：「首，猶服也，音式救反。」

《太平經》中還有「罰首」，「過輒有罰首，以是自省自愛，敬重禁忌，不敢有違失意，復見責問。」（卷 110／大功益年書出歲月戒／p528）又作「首罰」，「是愚之劇，何可依玄？但作輕薄，衒賣盡財，狂行首罰，無復道理。」（卷 114／不可不祠訣／p604）

王雲路認為，東漢以來，隨著雙音詞的大量出現，「首」的構詞能力也逐漸增強，產生了許多由「首」與馴服、陳述、罪過等相關含義語素組合的雙音詞，這些詞都有自首、承認過錯或者告發之義。簡列如次：第一類，「首」與表順從、馴服等義的語素結合，有服罪義，屬於並列結構。如「首伏」、「首服」、「歸首」、「首降」、「投首」。第二類，「首」與表示坦白、陳說等義的語素組合，有自首義，有告發義，屬於並列結構，如「首伏」、「首辭」、「首引」、「首出」、「出首」、「首露」、「首款」、「首陳」、「陳首」；第三類是「首」與表示實情或罪過義的語素組合，屬於動賓結構，如「首實」、「首過」、「首悔」、「首罪」、「首身」等〔註35〕。

慺慺

「今行逢千斤之金、萬雙之璧，不若得明師乎！帝王有愚臣億萬，不若得一大賢明乎！父母生百子而不肖，不若生一子而賢乎！一里百戶不好學，不若近一大德乎！萬目慺慺不若一大綱乎！」（卷 90／冤流災求奇方訣／p346）

「今已受天明師嚴勑文，慺慺，小覺知一大部。願聞一小界，見示說此無極之國。」（卷 93／國不可勝數訣／p397）

「今天師教勑下愚弟子，胷中慺慺，若且可知，不敢負也。」

〔註35〕王雲路、吳欣《釋「首告」》，《語言研究》2008 年第 1 期

（卷 102／神人自序出書圖服色訣／p460）

按：《玉篇·心部》：「慺，謹敬也。」《一切經音義》卷九十六「慺慺」注引《字書》云：「慺，謹敬貌也。」《大詞典》「慺慺」釋為「勤懇貌；恭謹貌。」很明顯，此義無法用來解釋《太平經》中的三處用例。

「從聲音上探求，便會發現婁聲之字多有空義，而空與明義相通。」「然則心明曰婁空，屋明曰麗廔、婁婁，目明曰離婁，其義一也。」「嘍嘍又為事狀之明晰。後世或言玲瓏、伶俐，其義並與婁空同，所謂剔透聰明者是也。」〔註36〕俞理明《太平經正讀》287 頁、322 頁、373 頁將以上三例分別釋作「細密眾多的樣子」「明細的樣子」「十分清楚的樣子」，近是。只是第三例似乎釋為「明白的樣子」更勝，「十分清楚的樣子」有增字為訓之嫌，略顯迂曲。限於目力所及，筆者未在其他文獻中發現與《太平經》相同的用法，尚需其他材料輔證。

方一新先生指出，（《太平經》）書中習以「平言」、「平行」等逕稱直說，「何一」用如「一何」等，這些特殊的新詞新義究竟是當時口語的反映，還是作者個人的臨時創造，值得深究。不排除其中的一些詞或義只是言語的現象而沒有變成語言的事實，但這不應妨礙我們進行發掘和研究。〔註37〕對這些出現頻率較低的特殊語詞，我們同樣也要加以關注，「其實，在語言研究中，『例不十，法不立』是不能一概而論的，漢語在中古時期處於變化分化時期，很多語言現象在此時或可能剛露出一鱗半爪，用例不多，或者受文獻記錄語言隨機性（文獻的內容尤其重要）的影響，很多原本在此時期流通的詞卻沒有被記錄下來。在這種情況下，我們所調查到的一些孤證反而顯得重要。」〔註38〕

承知

「故署置天之凡民，皆當順此，古者聖人深承知此，故不失天意，得天心也。」（卷 42／九天消先王災法／p89）

「善乎善乎！見天師言，承知天太平之平氣真真已到矣。其所

<hr/>

〔註36〕郭在貽《訓詁學》（修訂本），46 頁。另，蔣禮鴻《敦煌變文字義通釋》（增補定本）（上海古籍出版社，1997 年新三版，341 頁）亦曾談及「嘍嘍」一詞，可參。

〔註37〕方一新《東漢語料與詞彙史研究芻議》，《中國語文》1996 年第 2 期。

〔註38〕周作明《東晉南朝道教上清派經典行為詞新質研究》，四川大學 2007 年博士學位論文，19 頁。

以致之者，文已出矣。樂哉，復何憂？」（卷 47／上善臣子弟子為君父師得仙方訣／p134）

「愚生見天師所說，無有窮極時也，乃後弟子俱天覺，承知天師深洞知天地表裏陰陽之精，諸弟子恐一旦與師相去，無可復於質問疑事，故觸冒不嗛，問可以長久安國家之讖，令人君常垂拱而治，無復有憂，但常當響琴瑟作樂而遊，安若天地也，無復有危時。豈可聞乎哉？」（卷 69／天讖支干相配法／p261）

「今所以為真人分別說之者，見子來問事，大□□惓惓，承知為皇天欲祐德君，故吾為真人分明天地大分，治所當象之，勿復犯也，犯者復憒憒致亂矣。」（卷 69／天讖支干相配法／p270）

「善哉善哉！今見六真人言，承知天獨久病苦冤辭語不得通，雖為帝王作萬萬怪變以為談，下會閉絕，不得上達，獨悒悒積久。」（卷 86／來善集三道文書訣／p316）

「行，子已知之矣。吾所以敢不□□者，見六子來問事，致承知為天使諸真人，故敢不□□也。子知之耶？」（卷 86／來善集三道文書訣／p318）

按：《大詞典》失收「承知」一詞，義為「聽說，知道」，後代亦見，《根本大和尚真跡策子等目錄》卷一：「右右大臣宣奉敕件法文，宜全收，經藏不出國外。今宗長者永代守護者寺，宜承知依宣行之，不得疏略。」（55／1068b）「承」的「聽說、知悉」義《大詞典》亦失收，當補。

江藍生《魏晉南北朝詞語匯釋》指出：「『承』在魏晉六朝時期可作『聞、聽說』講……有的『承』字，已由『聞、聽說』引申而有『知悉』義。」〔註39〕蔡鏡浩《魏晉南北朝詞語例釋》認為：「『承』即『承聞』，為『承聞』之省略。」〔註40〕二書觀點皆可商。朱慶之在東漢時期曇果共康孟詳譯的《中本起經》中已經發現了「承」作「聞、聽說」解的用例〔註41〕，現轉引如下：「王波斯匿……白佛言：『頃承釋子端坐六年，道成號佛，為實爾不？』」（4／159a）「佛從本

〔註39〕江藍生《魏晉南北朝詞語匯釋》，24 頁。
〔註40〕蔡鏡浩《魏晉南北朝詞語例釋》，江蘇古籍出版社，1990 年，41 頁。
〔註41〕朱慶之《佛典與中古漢語詞彙研究》，86 頁。

國遊於王舍國竹園中。長者伯勤承佛降尊,馳詣竹園,五心禮足。」(4／156a)

可見,「承」的「聞、聽說」義在東漢時期已經出現,江藍生的觀點可以提前;其次,是「承」自身先有了「聞、聽說」義,再與「聞」同義連文而產生了「承聞」,而並非如蔡鏡浩所言「承」的「聞、聽說」是從「承聞」省稱而來,「承聞」應該說是一個後起的同義複合詞〔註42〕。

病苦

「下愚之士,反多妬真道善德,言其不肖而信其不仁之心。天病苦之,故使吾為上德之君出此文,可以自致,能安其身而平其治、得天心者。」(卷47／上善臣子弟子為君父師得仙方訣／P141)

「是故從天地開闢以來,天下所共病苦而所共治者,皆以此勝服人者,不治其服者。故其中服而冤者,乃鬼神助之,天地助之。」(卷47／服人以道不以威訣／P143)

「神人已下,共憂天地間六合內,共調和,無使病苦也。」(卷56～64／闕題／P222)

「能大開通用者大吉,可除天地之間人所病苦邪惡之屬,不知其大法者,神亦不可得妄空致、妄得空使也。」(卷72／齋戒思神救死訣／P292)

「今見六真人言,承知天獨久病苦冤辭語不得通,雖為帝王作萬萬怪變以為談,下會閉絕,不得上達,獨悒悒積久。」(卷86／來善集三道文書訣／P316)

「記變怪災異疾病大小多少,風雨非常、人民萬物所病苦大小,皆集議而記之。」(卷86／來善集三道文書訣／P324)

按:「病苦」義為「憂慮、憂患」,是一個同義複合動詞。《大詞典》失收此義。《廣韻·映韻》:「病,憂也。」《禮記·樂記》:「賓牟賈侍坐於孔子。孔子與之言。及樂,曰:『夫《武》之備戒之已久,何也?』對曰:『病不得其眾也。』」鄭玄注:「病,猶憂也。」《論語·衛靈公》:「君子病無能焉,不病人

〔註42〕王鍈先生的觀點與我們不謀而合,其指出:「因『承』有『聞』義,故可與『聞』組成同義複詞。」書中舉杜甫詩例。(見王鍈《詩詞曲語詞例釋》(第二次增訂本),46頁。)

之不已知也。」晉陶潛《感士不遇賦》:「伊古人之慷慨,病奇名之不立。」唐韓愈《韋君墓誌銘》:「諸軍歲旱,種不入土,募人就功,厚與之直而給其食,業成,人不病饑。」

「苦」亦有憂患義。《廣韻‧姥韻》:「苦,患也。」《呂氏春秋‧遇合》:「人有大臭者,其親戚兄弟妻妾知識,無能與居者,自苦而居海上。」《法言‧先知》「讓此君子所當學也,如有犯法,則司獄在。或苦亂,曰綱紀,曰惡在於綱紀。」李軌注:「苦,患也。」漢蔡琰《胡笳十八拍》之四:「無日無夜兮不思我鄉土,稟氣含生兮莫過我最苦。」《文選‧庾亮讓中書令表》:「今恭命則愈,違命則苦,臣雖不達,何事背時違上,自貽患責邪?」呂向注:「苦,憂也。」

剛強

> 「夫四境之內,有嚴帝王,天下驚駭,雖去京師大遠者,畏詔書不敢語也;一州界有強長吏,一州不敢語也;一郡有強長吏,一郡不敢語也;一縣有剛強長吏,一縣不敢語也;一閑亭有剛強亭長,尚乃一亭部為不敢語。此亭長,尚但吏之最小者也,何況其臣者哉?皆恐見害焉,各取其解免而已,雖有善心意,不敢自達於上也,使道斷絕於此。今但一里有剛強之人,常持一里之正者,一里尚為其不敢語,後恐恨之、得害焉。但一家有剛強武氣之人常持政,尚一家為其不敢語也。」(卷 86 / 來善集三道文書訣 / P314)

按:《大詞典》有「剛強」一詞,分列三個義項「堅強」、「健旺鼎盛」、「指強暴的人」,審之《太平經》的用例,似乎都講不通。筆者認為此處應釋為「強暴、強橫」,含貶義色彩。從句中文例分析,這是一組排比句式,前有「嚴」、「強」,後有「不敢」,皆言此人強橫粗暴,人們都不敢說話,恐為其所害。

「強」單言亦可表「強暴、強橫」,《老子》第五十五章:「心使氣曰強。」陳鼓應注:「強,逞強暴。」《大戴禮記‧曾子立事》「強而無憚」王聘珍解詁:「強,暴也。」《漢書‧刑法志》:「政在抑強扶弱,朝無威福之臣,邑無豪桀之俠。」《文選‧陳琳〈為袁紹檄豫州〉》「曩者強秦弱主」呂延濟注:「強,暴也。」

《慧琳音義》卷十九「懭戾者，剛強難化也。」《清淨法行經》：「佛告阿難：諸國皆易，天竺東北真丹偏國，人民攏捩，多不信罪，知而故犯（化），對強難化。」梁曉虹認為此乃硬讀，實與意不諧，應是「剛強難化」。……「剛強」乃強暴之義。〔註43〕

舉言

「今愚生舉言，不中天師心，常為重謫過。不冒過問，又到年竟猶無從得知之。願復請問一言。」（卷97／事師如事父言當成法訣／P434）

「真人為天問事，宜日謹，不可但恣意妄言，言當成法。言不成經，不若默也，舉言不中，罪深不除。」（卷97／事師如事父言當成法訣／P437）

按：「舉言」即說話、發表意見。《大詞典》失收，是一個東漢新興口語詞。《禮記‧雜記下》：「過而舉君之諱則起。」鄭玄注：「舉，猶言也。」唐韓愈《原道》：「不惟舉之於其口，而又筆之於其書。」後漢支婁迦讖譯《文殊師利問菩薩署經》卷1：「復有婆羅門名倪三颰白佛言：『我本學婆羅門事時，於空中見佛，有三十二相諸種好，便舉言，若當學若當事。』聞之則以頭面著地，問何所是學，何所是事。其佛言：『有怛薩阿竭署，是若學，是若事。』」（14／438b）南朝徐陵《玉臺新詠集》卷一：「府吏默無聲，再拜還入戶。舉言謂新婦，哽咽不能語。」又「阿兄得聞之，悵然心中煩。舉言謂阿妹，作計何不量，先嫁得府吏，後嫁得郎君。否泰如天地，足以榮汝身。」唐智周《成唯識論演秘》卷9：「問：『第三分本豈不悅根，根若悅者何不云乎？』答：『前之二定當動勇，故悅根方樂，故舉言之。第三安靜不唯對根方稱為樂，故不言也。』」（43／911a）

心鬲

「心想日夜相見，貪知防禁之失，以動其心，使還見其不逮及者，是非文辭口言所報。唯蒙見省念，貫於心鬲。」〔註44〕（卷111／有心之人積行補真訣／P560）

〔註43〕引自梁曉虹《清淨法行經語詞考辨》，收入氏著《佛教與漢語史研究：以日本資料為中心》，上海古籍出版社，2008年，44頁。

〔註44〕句讀據《正讀》。

「書雖復重，天大愛人，欲使得竟其年，丁寧反復，屬於神，善
輒疏上，惡亡其名。無違此書，思善心鬲，念常不廢，意當索生，
志常念成。」〔註45〕（卷112／不忘誡長得福訣／P584）

「生主受分之後，何時忘大神所言乎？憂不成耳。不敢失大神，
枕席，常在心鬲，不敢解也。」（卷114／天報信成神訣／P608）

按：「心鬲」即內心。《大詞典》失收。西晉竺法護譯《佛說阿惟越致遮經》
卷1：「爾時阿難問文殊師利：『如來何故默而不言？』答曰：『俗人少有信此
法說，此諸羅漢無數百千心中愕然不解。』『如來何故說此殊異經教？』『吾
今目睹此四輩人心鬲狐疑，曷因如來演處，持信至於奉法緣覺有礙欲令進達
此。』」（9／202b）清王韜《淞隱漫錄·薊素秋·吳江》：「一日，女祖母以有
事返其家，家固在闔閭城畔，朝發而夕至。去未三日，忽一老嫗扁舟而來，謂
將迎女赴蘇，言女祖母驟患中風，口不能語，特邀往一永訣耳。女此時心鬲
俱碎，惟知痛哭，不及詳詢，匆促束裝，即隨之行。」清蔣敦復《芬陀利室詞
話》：「青島不來，心鬲淒惋，為倚此解，調寄西子妝。」

該詞還有一個義項，即胸部、胸腹，最早見於《黃帝內經·素問》卷二十
二：「陽明司天，清復內餘，則咳、衄、嗌塞、心鬲中熱，咳不止，而白血出者
死。」「心鬲」作為一個身體部位，此詞多見於後世醫書等，如隋巢元方《諸病
源候論》卷三《虛勞病諸候上》：「上部之脈微細，而臥引裏急，裏急心鬲上有
熱者，口乾渴。」南宋陳自明《婦人大全良方》卷三：「烏蛇圓，治婦人中風牙
關緊急，手足頑麻，心鬲痰涎壅滯。」《小兒衛生總微論方》卷五：「辰砂金箔
散治小兒心鬲邪熱，神志不寧，悸惕煩渴，睡臥不穩。」道教經籍《雲笈七籤》
卷五十六《諸家氣法部》也有用例：「上焦法天元，號上丹田也，其分野自胃口
之上，心鬲已上至泥丸。」又作「心膈」，《肘後備急方》卷四：「金匱玉函方治
五噎心膈，氣滯煩悶，吐逆不下食。」《金匱要略論注》卷一：「師曰：語聲寂
寂然喜驚呼者，骨節間病；語聲喑喑然不徹者，心膈間病。」

不移時

「行，子已覺矣。而像吾書以治亂者，立可試不移時也。」（卷
36／三急吉凶法／P48）

〔註45〕句讀據《正讀》。

「上人中人下人共行之，天下立平不移時。子知之耶？」（卷96
／六極六竟孝順忠訣／P409）

「天道有緩有急，人事亦然，有緩有急。天道急，即風雨雷電
不移時而至；人道有急，亦趨走不移時而至。」（卷120～136／鈔辛
部）

按：《大詞典》收「移時」一詞，釋為「經歷一段時間」，始見例是《後漢
書·吳祐傳》：「後舉孝廉，將行，郡中為祖道，祐越壇共小史雍丘、黃真歡語
移時，與結友而別。」

張永言認為「移時」的「（過了）好一會兒」義項是魏晉以後通行的詞義
〔註46〕。筆者發現其實《漢書》中已經有這種用法，《漢書·遊俠傳第六十二·
樓護》：「商不聽，遂往至護家。家狹小，官屬立車下，久住移時，天欲雨，主
簿謂西曹諸掾曰：『不肯強諫，反雨立閭巷！』」從句中「久住移時」連用可推
知詞義，「移時」即較長一段時間，那麼「不移時」就是「不一會，立即」。俞
理明指出「不移時」是一個常用詞，義為「即刻」〔註47〕。王海棻也認為是「不
多時，不一會兒」之義〔註48〕。王紹峰《初唐佛典詞彙研究》認為：「所有這
些例子中的『移時』都是作狀語的，一個也不能以『經歷一段時間』代入……
一句話，『移時』即較長時間，『不移時』即較短時間。」〔註49〕竊以為王紹峰
的觀點是比較可取的。

後代用例很多，如《魏書·列傳第六十五·辛雄》：「陛下欲天下之早平，
愍征夫之勤悴，乃降明詔，賞不移時。」《法苑珠林》卷二十六《唐劉善經》：
「善經如言而往，不移時而至彼。」《廣弘明集》卷二十六《梁武帝斷酒肉文》：
「經言：以一念頃有六十剎那，生老無常，謝不移時，暫有諸根，俄然衰滅，
三途等苦倏忽便及，欲離地獄，其事甚難，戒德清淨，猶懼不免。」《外臺秘
要》卷十二《癥方四首》：「白馬尿一升，雞子三枚破取白右二味，於鐺中煎取
三合，空腹服之，不移時當吐出病。無所忌。」

〔註46〕《從詞彙史看〈列子〉的撰寫時代》——為祝賀季羨林先生八十華誕作，見張永言
《語文學論集》（增補本），語文出版社，1999年第2版，382頁。
〔註47〕俞理明《〈太平經〉通用字求正》，《宗教學研究》1998年第1期。
〔註48〕王海棻《古漢語時間範疇詞典》，安徽教育出版社，2004年版，32頁。
〔註49〕王紹峰《初唐佛典詞彙研究》，安徽教育出版社，2004年第一版，69頁。

簿領

「詳慎所言，勿為神所記，各慎所部，文書簿領，自有期度，勿相踰越。」（卷 110 / 大功益年書出歲月戒 / p542）

「會欲殺人，簿領為證驗。乃令入土，輒見考治，文書相關，何有脫者。」（卷 112 / 七十二色死屍誡 / p568）

「行各自力，為神所誤，故得成，得稱天君。主天之人，輒簿領，亦不失度，部主諸神。」（卷 112 / 有過死謫作河梁誡 / p578）〔註50〕

「上下有期，得當行便以時還。亦不可自在，迫有尊卑。各相為使，各有簿領，各有其職，宜有其心，持志不違，明其所為。」（卷 114 / 不用書言命不全訣 / p614）

「天上傳舍，自有簿領，不當得止者勿止。」（卷 114 / 不用書言命不全訣 / p614）

　　按：「簿領」一詞，方一新、王雲路曾論及〔註51〕，董志翹作了進一步的闡發，指出：「『簿領』一詞，中古習見，《中古漢語語詞例釋》已引自《抱朴子》至《周書》六、七例，釋為『文書；公文』，並云『《文選·劉楨〈雜詩〉》：『沈迷簿領書，回回自昏亂。』李善注：『簿領，謂文簿而記錄之。』此注未確。辭書或釋『簿領』為『登記的文簿』，亦誤。』釋『簿領』為『文書；公文』，甚是。然其中語素『簿』為文書，其意易明，而『領』為文書，其埋據何在？」〔註52〕董文的結論是：「『簿領』原指一般文書，後又特指司法文書。本人認為關於『簿領』一詞之理據，李善之說未必不妥。……愚以為『簿領』之『領』原為動詞『記錄』義，『簿領』同『簿錄』，即如李善注所云『以文簿而記錄』，古文獻中『簿錄』常見……正因為『簿領』原為『以文簿記錄』，故劉楨詩中將『文書』稱為『簿領書』，而後來用『簿領』表『文書』，乃『簿領書』之略稱耳。」〔註53〕筆者在《太平經》中也發現幾處用例，竊以為尚可補

〔註50〕此處標點據《正讀》。
〔註51〕王雲路、方一新《中古漢語語詞例釋》，73～74 頁。
〔註52〕《中土佛教文獻詞語零札》，原載《南京師大學報》2004 年第 5 期。又收入氏著《中古近代漢語探微》，中華書局，2007 年第 1 版，190～191 頁。
〔註53〕《中古近代漢語探微》，191 頁。

充以上觀點。

首先，「簿領」一詞的出現可提前至東漢時期，如上述諸例，《太平經》中「簿領」大多作名詞「文書；公文」義，亦有作動詞「記錄」義者。《太平經》中表「文書；公文」義的「簿」系詞語已經很發達，除「簿領」外，還有「錄簿」（1 見），如「應得有心之人，須以定錄簿。」〔註54〕（卷 110 / 大功益年書出歲月戒 / p533）亦見「簿文」（4 見）、「簿籍」（3 見），如「天君聞知，言：『此太上有知之人言也，乃知是。案簿文，有此人姓名，有闕備。』勅生籍之神：『案簿籍有此人，雖有姓名，自善多知，須年滿，勿失其年月。』」〔註55〕（卷 111 / 有知人思慕與大神相見訣 / p559）亦有「簿書」（4 見），如「中有聖智，求索神仙，簿書錄籍，姓名有焉。」（卷 112 / 不忘誡長得福訣 / p584）也有「簿案」（1 見），「大神受教還於曹，視簿案其姓名有此。」（卷 114 / 有功天君勅進訣 / p612）

其次，劉楨《雜詩》：「沉迷簿領書，回回自昏亂」這兩句詩存在異文，《文選》卷二十九作「沉迷簿領書，回回自昏亂。簿領，謂文簿而記錄之。史記曰：問上林尉諸禽獸簿。司馬彪莊子注曰：領，錄也。」明代張溥輯有《劉公幹集》，收入《漢魏六朝百三家集》中，此句作「沉迷簿領間，回回自昏亂。」逯欽立輯校《先秦漢魏晉南北朝詩·魏詩卷三》亦作：「沈迷簿領間。（《文選》作書。《文選》注、文章正宗同。）回回自昏亂。」

傳世文獻「簿領書」極為少見，除此之外，僅檢得一例，即唐獨孤及《代書寄上裴六冀、劉二穎》〔註56〕：「昔余馬首東，君在海北沊。盡屏簿領書，相與議岩穴。」又「簿領之書」三見，如許敬宗《為工部尚書段綸請致仕表》：「雖復年未杖鄉，而疾乖陳力，愒陰理務，沈迷簿領之書。」〔註57〕陸贄《論裴延齡奸蠹書》：「視公事於私第，盡室飫官廚之膳，填街持簿領之書。」〔註58〕曾鞏《元豐類稿》卷二十《制誥三十七首》：「勾稽簿領之書，交修官守之事，往從憲府，尚懋爾勞。」

〔註54〕標點據《正讀》。
〔註55〕標點據《正讀》。
〔註56〕《全唐詩》第八冊卷二四六，中華書局，1960 年 4 月第一版，1979 年 8 月 2 次印刷，2761 頁。
〔註57〕《全唐文》第 2 部卷一五一，1544 頁。
〔註58〕《全唐文》第 5 部卷四六六，4764 頁。

而「簿領間」二見，皆為蘇東坡詩，其一為《送程七表弟知泗州》：「淮山相媚好，曉鏡開煙鬢。持此娛使君，一笑簿領間。」又《九日袁公濟有詩次其韻》：「平生傾蓋悲歡裏，早晚抽身簿領間。」亦見「簿領之間」，如徐鉉《游簡言左僕射平章事制》：「實為國器，想見古人。而躬親簿領之間，遂成勞勤。」〔註59〕

最後，「正因為『簿領』原為『以文簿記錄』，故劉楨詩中將『文書』稱為『簿領書』，而後來用『簿領』表『文書』，乃『簿領書』之略稱耳。」此觀點略顯迂曲。蓋存在三點疑問：第一，《禮記正義》卷四《曲禮下第二》有這樣一個例子：「振書端書於君前有誅」孔穎達疏：「『振書』者，拂去塵也。書，簿領也。端，正也。誅，責也。臣不豫慎，若將文書簿領於君前，臨時乃拂整，則宜誅責也。」孔疏「書，簿領也」說明「簿領書」或為三音節同義連文，不一定是「因為『簿領』原為『以文簿記錄』，故劉楨詩中將『文書』稱為『簿領書』」。第二，因「簿領」常與「文書」連言，「簿領」由動詞「記錄」義引申為名詞，指記錄的載體或對象「文書；公文」義，發生詞義的感染〔註60〕或滲透是很正常的，名詞「文書；公文」義也並非後來纔有的，東漢時期已見。第三，因「簿領書」或為異文「簿領間」，所以認為「『簿領』乃『簿領書』之略稱耳」未必盡當。

〔註59〕《全唐文》第9部卷八七九，9188頁。
〔註60〕詞義感染，可參鄧明《古漢語詞義感染例析》，《語文研究》，1997年第1期。

結　語

　　《太平經》是中國道教的第一部經籍，其宣講對象主要是下層民眾。為宣揚教義的方便，該書採用對話體寫成，包含了許多口語成分，能夠較好地反映東漢時期語言的真實面貌，是研究東漢語言的一部極其珍貴的語料。

　　當前語言學界對道教經典研究的範圍還比較窄，只抓住了早期比較著名的幾部經典進行研究。雖有一些考釋文章面世，但多就某一專書中的個別詞語進行考釋，沒有進行系統的窮盡式研究，很少有人把道經作為斷代語言研究的考察對象，更沒有出現道教詞彙研究的通論性著作。對道教經籍語言的研究亟待加強，應採用科學方法大力加強道教專書專題詞彙的系統性、窮盡性研究。

　　本書以《太平經》詞彙為研究對象，屬於中古漢語專書專題詞彙研究範疇。全書共分七章，對《太平經》中出現的詞語進行闡釋，在具體考釋時盡可能地將這些零散的詞語放到整個中古詞彙史的大背景中來研究，注重結合其他道經，重點突出本經特有的詞彙、詞義。

　　《太平經》中的口語詞，不少都是首次出現，有的詞用例較少，或為孤例，在其他傳世文獻中難尋輔証，不排除其中有些為作者的個人創造，還只是一種言語現象，沒有進入全民語言。對於這些孤例，我們也不能掉以輕心，誠如吳金華先生所言：「對一部古籍中的孤例加以研究，首要的工作是驗明正身，

謹防假冒。」〔註1〕万久富做了進一步發揮：「對暫定為孤證的這些詞進行重新考察，與同類結構的詞或處於同一聚合關係中的詞進行比較，考察其存在的合理性和可能性，將人為失誤劃分出來的複音詞剔除掉。當然還可能有一些孤證複音詞是文獻錯訛形成的，要盡可能結合文獻整理的最新成果，去偽存真。」〔註2〕「在孤證的釋義方面也是要慎之又慎的，正因為是孤例，首先要根據語境力求讓句子講得通，進一步推求還要講得貼切順暢，還要符合複音詞語義構成的一般規律，並注意詞根語素的多義的特點，有些甚至還可能是構詞虛義語素與詞根語素之間的本質差別。」〔註3〕

　　《太平經》中的道教詞語主要包括八個方面的詞語，分別是有關天神地祇、符錄圖讖、法術咒祝、長生仙化、祐護佐助、經書簡牘、五行術數、制度名物的詞語。本書的「道教詞語」是一個廣義的概念，有些詞並非絕對意義上的道教詞語，它們在其他非道教文獻中也有應用，這是由《太平經》自身之特點所決定的。《太平經》是中國道教的開山之作，道教思想剛剛開始出現，有些教義尚未完全形成，一些理論還沒有專門的詞語來表示，於是只好從全民語言中借用，按照一般的構詞法則造詞，也有的是直接利用現有詞語加以引申，這些詞語可以說是作為道教早期經典的《太平經》中最有特色的詞語。

　　《太平經》中的新詞新義，數量眾多，據初步統計，《太平經》中出現了1111個東漢新詞彙，其中雙音節詞1023個，比《論衡》的619個多將近一倍，比東漢佛典的1039個也要多，無疑從量化的角度證明了《太平經》語料價值之大。雖然我們的統計可能存在些許問題，比如新詞界定標準的寬嚴，但不會有太大的出入。新詞新義中有些構詞能力非常強的語素，如聾、暗、闇、愚、奸、邪、佞、偽、藏、匿、解、知、洞、首、勑等，它們新生出許多詞語。有的詞因為經常使用還出現了縮略，「簿書錄籍」可縮略為「錄簿」，如「應得有心之人，須以定錄簿。」〔註4〕（卷110／大功益年書出歲月戒／p533）也可省稱「簿籍」，如「仙神案簿籍，子無生名，禱祭，神不享食也。」（卷112／有過死謫作河梁誡／p576）「各慎職，遣神導化其人，使成神，增其精光，為視簿籍使

〔註1〕吳金華《三國志叢考》，302頁。
〔註2〕万久富《〈宋書〉複音詞研究》，157頁。
〔註3〕万久富《〈宋書〉複音詞研究》，158頁。
〔註4〕句讀據《正讀》，下面二例亦同。

上，無者，著其姓名上之。」（卷 114／有功天君勑進訣／p612）本經中以「簿籍」用法居多。

　　通過對《太平經》常用詞的考察，我們發現《太平經》一般會選用新興的口語性詞語，舊的文言性詞語相對較少應用。但也並非全都如此，個別常用詞卻採用了舊的文言性詞語，比如「眼──目」（「目」近 40 見，而「眼」僅出現了一次）；「樹──木」（「木」七八十見，「樹」僅 9 見）。這兩組詞對於口語性較強的《太平經》來說，是比較極端的特例。東漢中後期，尤其是口語文獻中，「樹」已取代「木」、「眼」已取代「目」，但《太平經》卻多用較為保守的舊詞，較少使用新的詞語形式。對於這種情況，筆者臆測可能是因為《太平經》非一時一地一人之作品，存在一些方言或個人用語的特色。

　　關於《太平經》中的方言因素，尚未有專門研究，但有學者提及，如俞理明曾指出：「佛經翻譯以洛陽為中心，而《太平經》的作者則在黃河下游活動，這表明他們的方言背景不同。」〔註5〕汪維輝也曾說道：「《方言》卷一：『黨，曉，哲，知也。楚謂之黨，或曰曉，齊宋之間謂之哲。』其中『曉』的勢力最大，漢代以後，通行地域甚廣，足以跟『知』形成競爭之勢。……在東漢的《論衡》和《太平經》中，『曉』都用得很多，而且『曉』『知』對舉、『曉知』連文多見，這些都應該是方言的反映。如：四夷入諸夏，因譯而通。同形均氣，語不相曉。雖五帝三王，不能去譯獨曉四夷，況天與人異體、音與人殊乎？人不曉天所為，天安能知人所行？（論衡·變虛）真人寧曉知之不邪？（《太平經》中習語）此後的《抱朴子》《顏氏家訓》等南方著作中多見使用。」〔註6〕這項研究富有價值，值得花大力氣去做。

　　《太平經》作為中古漢語的重要語料，還有很多方面需要進行系統研究，本書只是在幾個問題上做了一點嘗試，後面尚有不少工作要做，希望能夠起到拋磚引玉的作用，使學界來共同關注《太平經》，關注道教典籍語言，這是一塊亟待開發的語言研究寶藏。

〔註5〕俞理明《漢魏六朝佛道文獻詞彙新成分的描寫設想》，第四屆中古漢語國際學術研討會論文，南京大學、南京師範大學（2004 年 10 月）。

〔註6〕汪維輝《撰寫〈漢語 100 基本詞簡史〉的若干問題》，中國社科院語言研究所主辦《歷史語言學研究》（第一輯），商務印書館，2008 年，209～210 頁。

附錄 1：《太平經》東漢新詞表

（不包括前面正文所談詞條）

【惡忿】【諫正】【奇異】【禁絕】【嚴勅】【大中】【四遠】【四野】【觀視】

【同處】【相逢】【明證】【畏事】【國輔】【曉事】【內附】【惟念】【倉皇】【所屬】

【通言】【被蒙】【畫像】【預備】【二言】【具足】【署置】【厚恩】【觸死】【親厚】

【興平】【止留】【考正】【心星】【賈值】【違離】【祐助】【指授】【章奏】【分部】

【地戶】【驚駭】【杜塞】【禁防】【彌遠】【類似】【象類】【厚善】【符書】【罪名】

【曉知】【分理】【究達】【考合】【識書】【召呼】【遙遠】【玷缺】【陰伏】【三綱】

【珍奇】【交結】【口辭】【止宿】【改易】【尚武】【異同】【優劣】【抵觸】【分處】

【吉福】【證明】【獨自】【清水】【裸蟲】【愚蒙】【冤枉】【五內】【風濕】【豫見】

【即時】【自効】【行伍】【洞達】【憎怨】【跂行】【忿忿】【浮華】【災異】【變怪】

【變異】【彰彰】【治喪】【增加】【生還】【重慎】【長大】【錯亂】【連日】【留止】

【俗間】【剋責】【醫巫】【徵召】【棺木】【謗訕】【部職】【菜茹】【哀傷】【取信】

【強健】【惶懼】【懇惻】【報恩】【衰落】【改正】【恩寵】【憐憫】【曹事】【感心】

【相副】【去離】【財色】【相連】【給用】【朔晦】【致密】【薄命】【欺慢】【驕慢】

【歡悦】【熟念】【戀慕】【卜工】【思省】【開出】【萬死】【明効】【惟思】【愁懣】

【領職】【忿憤】【薦舉】【抵冒】【觸犯】【簿籍】【護視】【朝堂】【陳道】【威劫】

【考實】【祅言】【祅孽】【國界】【獄事】【痼病】【賃作】【煩苛】【充盛】【輔助】

【惡子】【淺闇】【愚淺】【浮淺】【凶禍】【凶咎】【災變】【時人】【聆聽】【平理】

【依止】【可意】【解難】【捕取】【廢絕】【欺枉】【流視】【念思】【保全】【第舍】

【暴死】【降服】【自力】【露見】【冤死】【努力】【相去】【祕道】【興昌】【當然】

【照察】【端坐】【再倍】【大綱】【毀敗】【包容】【悸動】【受取】【簿書】【市里】

【聽信】【惡逆】【鬼物】【反叛】【兵杖】【合心】【行治】【厭服】【忽忘】【善業】

【塞絕】【鬥訟】【至心】【投書】【採取】【失誤】【羅列】【解除】【頭面】【祿食】

【造作】【中傷】【輔正】【口言】【比鄰】【非謗】【考治】【詳悉】【遭逢】【鄉亭】

【擁護】【相勝】【非但】【嚴敬】【連年】【剋躬】【侵剋】【詆冒】【引動】【窮已】

【瑕病】【謹孝】【滅殺】【而今】【叢木】【財業】【進見】【稟性】【惡意】【布穀】

【資費】【恩榮】【恩分】【謹詳】【要語】【竟日】【時澤】【劫取】【顯職】【錯逆】

【牋書】【穀糧】【狂言】【呼召】【關意】【奴使】【作害】【恨怨】【祀祭】【光澤】

【保舉】【門閣】【滅身】【戀念】【牒文】【憐念】【紫艾】【欽仰】【行恩】【貢進】

【動輒】【猜疑】【平調】【長命】【悲楚】【恐悸】【惶慄】【蒙恩】【遠俗】【承用】

【愁怖】【怖悸】【拘閉】【集校】【闔閉】【益年】【擇選】【候迎】【綵帛】【貪慕】

【私隱】【承迎】【拘絆】【報信】【棄除】【收治】【俗夫】【順隨】【世學】【行孝】

【凶亂】【何須】【教示】【衰少】【愚蔽】【信效】【赦除】【謙順】【上旬】【復發】

【盲人】【鬥戰】【自勵】【鬥辯】【呼冤】【文飾】【備足】【隱欺】【妄談】【訣法】

【厭斷】【魂神】【重知】【罰首】【死滅】【問疑】【示教】【便言】【署職】【相厚】

【熟醉】【併合】【倚著】【戰亂】【賢臣】【內室】【衰敗】【駭慄】【恣心】【真仙】

【相配】【道書】【懈忽】【懈息】【消災】【除愈】【持事】【臨死】【犯事】【減少】

【遊樂】【精讀】【重生】【恨怒】【空盡】【悚悚】【本初】【惻然】【增劇】【解意】

【無殊】【冒死】【凡事】【憐哀】【浮文】【遺力】【更迭】【迭相】【職務】【地神】

【今年】【期度】【臣民】【默視】【宮宇】【曉解】【頭髮】【修身】【藥方】【謹善】

【凶衰】【愛惜】【疥蟲】【見覩】【穴居】【卻去】【勅戒】【生出】【悅樂】【卜卦】

【暴狂】【成行】【凶姦】【蚊虻】【疥蟲】【婦家】【愚賤】【刑禍】【干天】【應當】

【起土】【藏埋】【恣情】【貧虛】【自禁】【律曆】【拒逆】【可駭】【茂才】【以後】

【占覆】【嚴畏】【殫盡】【先時】【世間】【兒婦】【負言】【比近】【醫工】【變爭】

【息人】【劣弱】【絲弦】【興盛】【出戶】【木鄉】【冒慚】【悉皆】【戶內】【戶外】

【西面】【蔽暗】【一都】【共壹】【俱壹】【解知】【怖惶】【亡亦】【昨使】【開鍊】

【亂毀】【他所】【自慎】【卒止】【簡索】【語談】【簡問】【結閉】【續嗣】【脩解】

【死者】【連時】【自精】【殺傷】【仁治】【良臣】【老長】【功恩】【開胞】【流災】

【引謙】【過責】【病災】【絕匿】【忿事】【鬥祿】【鬥命】【自惜】【才用】【凡綱】

【云亂】【效學】【豈復】【樂助】【曾無】【傷殺】【邪姦】【候致】【從起】【障隱】

【滅死】【禦害】【依養】【決解】【攻害】【天禁】【形身】【解示】【自窮】【噓吸】

【消竭】【明聽】【成實】【深劇】【張興】【厭害】【厭禦】【厭畏】【腐塗】【習言】

【乞問】【卒死】【汝等】【要意】【滅毀】【辭文】【都具】【致富】【漿飲】【善正】

【哭淚】【蔽藏】【治病】【懈止】【中棄】【窨穴】【盛興】【苟留】【戒事】【晏早】

【晏蚤】【根柄】【比連】【周流】【舟流】【解示】【忽解】【眼息】【自易】【自忽】

【自親】【詳念】【平言】【臨至】【愛傷】【治愈】【精聽】【本素】【誠慎】【非惡】

【何壹】【何一】【固固】【思復】【賢儒】【倰倰】【綝綝】【駭畏】【畏駭】【閒處】

【卒言】【卒道】【戀牢】【自以】【自惟】【自詳】【乙密】【治法】【思詳】【疽蟲】

【奇殊】【利祐】【祐利】【老終】【終死】【孔孔】【壹悉】【闇愚】【終命】【大巨】

【自責】【求見】【癲疾】【格識】【勿須】【固常】【巧弄】【視聆】【測商】【微氣】

【為惡】【喜善】【治訣】【解訣】【訣愈】【解愈】【元炁】【附歸】【治疾】【惡亂】

【行考】【上老】【災氣】【榮尊】【便足】【明券】【忍辱】【勝服】【順謹】【價數】

【還期】【結疑】【唯思】【純調】【齫蟲】【集廁】【乘水】【昌率】【庶賤】【計捕】

【仰命】【集居】【撰簡】【倦懈】【重功】【浮平】【愚罔】【汙惡】【敬拜】【黨開】

【聳闇】【幽寢】【藏逃】【內惷】【威驚】【革諫】【輕妄】【冒過】【苟空】【善儒】

【儒謙】【儒良】【簡閱】【讀視】【令使】【蔽暗】【蔽頓】【因據】【開思】【得病】

【歸過】【還年】【入道】【占視】【患毒】【愁毒】【駕龍】【自況】【柱天】【洞照】

【詳慎】【汝曹】【天書】【命籍】【死籍】【仙籙】【簿領】【慾負】【真道】【命祿】

【還精】【持心】【利入】【要會】【及以】【廬宅】【且自】【會且】【當須】【反且】

【不但】【及以】【天讖】【命樹】【壽曹】【命曹】【七正】【神祝】【相氣】【休氣】

【囚氣】【廢氣】【承負】【意決】【訣意】【刺喜】【社謀】【券文】【地陰】【皇燿】

【比列】【八遠】【疽疥】【神吏】【賢柔】【茅室】【冠幘】【恩貸】【談首】【祅臣】

【祅惡】【神家】【傍行】【靡物】【過負】【壽籍】【土府】【指歷】【癰病】【舍宅】

【精物】【衣履】【比等】【往到】【祝固】【案用】【吞字】【延命】【仙度】【形去】

【示勑】【勑戒】【對會】【見對】【治正】【訾念】【守實】【投辭】【投說】【用口】

【舉言】【不壽】【包養】【戰怒】【仰視】【受施】【錄示】【拱邪】【王持】【絕去】

【垂枝】【乘氣】【滅煞】【拘校】【始萌】【愁悉】【付歸】【厭固】【師化】【招藏】

【竟年】【相白】【貪進】【貪壽】【為報】【部主】【比望】【增倍】【假忍】【非尤】

【眩瞑】【入室】【上白】【必當】【照達】【思樂】【樂欲】【究洽】【洞白】【絕洞】【洞極】【聾暗】【聾闇】【暗聾】【狂邪】【佞偽】【白易】【奇偽】【篤達】【與共】【傳相】【轉相】【復相】【悉盡】【悉具】【都併】【都畢】【何所】【當復】【猶復】【乃復】【甚甚】【反還】【乃後】【無有】【天斗】【約勑】【指趣】【誦讀】【作惡】【設張】【反支】【歷運】【篇記】【逆子】【祖統】【要會】【證驗】【高才】【劫取】【劫盜】【急急】【邕邕】【真真】【恂恂】【憒憒】【懷懷】【彌彌】【厚厚】【煌煌】【咄咄】【甚甚】【久久】【比比】【曚曚】【平平】【洞洞】【各各】【悃悃】【陳說】【全完】【開示】【觀視】【格法】【胸心】【價直】【愚蔽】【開達】【一悉】【邪奸】【若令】【書卷】【日期】【身口】【收錄】【壹悉】【悉都】【壹都】【精善】【猾邪】【列行】【首尾】【止進】【浮沉】【邑民】【外界】【俗事】【家學】【真經】【厚地】【良輔】【微意】【流客】【洽著】【斷除】【具問】【妄語】【興用】【中斷】【繩正】【交語】【洞明】【貫結】【攻苦】【冥目】【中折】【搏頰】【肉飛】【心念】【積久】【病狂】【老去】【尚復】【調戲】【紊亂】【拘留】【畢竟】【信實】【實信】【樂悅】【密祕】【求哀】【誤失】【比若】【類若】【階路】【俱共】【比連】【尚但】【自搏】【自可】【視息】【自養】【輕事】【復思】【奉進】【恨悒】【比近】【壽算】【乖逆】【疎少】【語議】【懈倦】【流就】【長獨】【獨長】【常獨】【獨常】【曾但】【中為】【中類】【終類】【積大】【何等】【固】【獨】【恐恢】【恢畏】【惶恢】【旁（傍）人】【究竟盡】〔註1〕

【但空獨】【反以還】【反復還】【究竟畢】【最甚劇】【疾苦惡】【害賊殺】【刑罰罪】【暗聾盲】【暗昧曚】【惟論思】【決解愈】【尚第一】【治決愈】【直質樸】【恐駭驚】【大率要】【長生養】【常習俗】【小微賤】【壹都通】【家類屬】【冢丘陵】【丘陵冢】【誠絕匿】【寇盜賊】【覺曉知】【下愚賤】【愚暗曚】【愚不及】【詳思念】【詳復思】【都畢竟】【邪偽佞】【刑殺傷】

〔註1〕 關於《太平經》中三字連文的具體數量，意見不一。據王敏紅（2004）考察：「《太》中的複音詞非常多，其中大量的複音詞由同義詞、近義詞連文而成，據筆者粗略統計，此類雙音節複音詞就有 1732 個，而三字連文則有 151 個。」（王敏紅《從〈太平經〉看三字連文》，《寧夏大學學報》2004 年第 1 期，5 頁）而曹靜（2005）認為：「《太平經》的三字連文總計 84 個，使用 121 次。」（曹靜《〈太平經〉裏的三字連文》，《漢語史研究集刊》第七輯，巴蜀書社，2005 年，247 頁）本書統計數字以王敏紅的觀點為準，此處僅酌舉數例。

附錄 2：《太平經》東漢新義表

（不包括前面正文所談詞條）

【復】消復。【對】會見。【翕然】一致貌。【雍雍】和洽貌；和樂貌。【元氣】指天地未分前的混沌之氣。【大分】大要。【長吏】指州縣長官的輔佐。【深知】十分瞭解。【短長】短處；弊端。【長短】偏指長處。【窮乏】指貧困的人。【用意】意向；意圖【流汗】形容羞愧不安到極點。【神祇】泛指神靈。【毛髮】喻細小細微。【時運】古人迷信，認為人一生的吉凶遭際均由命運決定，並通過時間的運轉表現出來，稱為時運。【工師】工匠。【蚤虱】跳蚤和蝨子。亦泛指小害蟲。【通行】通用；流行。【風化】教育感化。【反逆】叛逆；謀反。【憒憒】昏庸；糊塗。【隔絕】阻隔；隔斷。【無數】無法計算。極言其多。【如令】假使。【平均】均勻，沒有輕重或多少之別。【形狀】情況；情形。【墮落】脫落；掉落【漏泄】滲漏【邪惡】行為不正而又兇惡的人【殊異】奇異；不尋常。【怪異】奇異反常的現象。【極樂】非常快樂【無價】無法計算價值。比喻極為珍貴。【清白】廉潔；不貪汙。【歌舞】歌唱和舞蹈。【時氣】氣候；天氣。【皇道】上古帝王治國的法則。亦指後世帝王治國的法則。【深省】猶深察。【夫家】丈夫的家，婆家。【修治】修理整治。【上皇】太古的帝皇。【門戶】家庭；家族。【明經】通曉經術。【死喪】喪葬之事。【感動】觸動感情，引起同情、支持或向慕。【名字】名稱；名號。【節度】猶節制，約束。【愉愉】心情舒暢。【繩墨】喻規矩、準則。【隨俗】從俗；從眾。【大位】顯貴的官位。

【示眾】當眾懲罰有罪者以示儆戒。【姦猾】奸詐狡猾。【因緣】依據；憑藉；攀附。【以時】及時，即時。【不調】不協調。【動搖】搖擺；晃動。【遺脫】遺漏；亡佚。【滿意】意願得到滿足。【等比】同輩；同列。【支節】四肢關節。【草野】鄉野；民間。與「朝廷」相對。【倡狂】狂亂，失常。【名籍】猶名冊。【一意】專心。【微言】具有深刻寓意和神奇力量的特殊語言。【河洛】圖洛書的簡稱。【黃氣】古代迷信以為黃色雲氣是祥瑞之氣。【聖人】對有異術的仙道、方士等的尊稱。【聖賢】泛稱神、仙、佛、菩薩等。【聖經】對佛教或其他宗教經典的泛稱。【人神】先祖的神靈。【皇靈】指天帝。【長生】道家求長生的法術。【陰神】地神。【神聖】泛指天神，神靈。【天君】天神。【弟子】稱道教、佛教的徒眾。【三明】道教以日月星為天之三明，耳目口為人之三明，文章華為地之三明。【香潔】芳香潔淨的粢盛用以祭祀。【善應】猶吉兆。【道業】佛道教化事業。【中極】北極星。【六陽】古以天氣為陽，地氣為陰，十一月至來年四月為陽氣上升之時，合稱六陽。【陰中】冥冥之中；陰間。【天獄】天上的監獄。【苦行】宗教徒指受凍、挨餓、拔髮、裸形、炙膚等刻苦自己身心的行為。【養性】道士修行的一種。【任用】堪用，能用。【守一】道家修養之術。【成器】比喻成為有用的人材。【保任】擔保。【成真】成仙。【得道】道教謂存神煉氣有五時七候，第一候，宿疾並銷，六情沈寂，名為得道，由此可成仙或長生。【失脫】疏忽失誤，錯誤。【不同】不相同；不一樣。【輕言】說話輕率、不慎重。【眷眷】通「倦倦」，意志專一貌。【彰明】顯豁，明顯。【一兩】少數。【乖錯】混亂；錯亂。【洞虛】深幽。【輕忽】輕率隨便。【不須】不用；不必。【不直】不只；不僅。【數度】道教鬼神九等境界中的第三等。【百重】宮殿，皇宮。【錄籍】指道教的秘文與仙人的名籍。【保者】擔保人、薦舉人。【類象】類別。【天算】亦作「天筭」，指天賦予人的壽命、歲數。【蚑行】指蟲豸。【端首】【頭首】即頭緒、要領。【行書】上天所賜開啓民智、安邦治國的神書，共三道。【常格】天地之常法。【真實】指本真。【禁固】禁律戒條。【文墨】記錄。【法式】楷模。【復除】指消除災害怪異等。【白日】道教謂人修煉得道後，白晝飛升天界成仙。【案行】亦作「按行」、「桉行」，遵行奉行。【克賊】傷害，殺死。【去世】離開俗世，得道升天。【重戒】1. 嚴正告誡；2. 重要的戒律戒條。【厭衰】壓抑使衰退。【厭絕】壓制滅絕。【且復】姑且。【無復】沒有。【故故】同「固固」，堅持不變，依舊。【反復】反而。【還反】反而。

【仙去】成仙而去。【佞邪】奸邪。【三臺】星名。【相勸】勸解；勸告。【乞求】請求；祈求。【賢明】有才德有見識的人。【差序】等級。【干犯】冒犯冒觸犯；干擾。【微少】謂數量少。【神兵】秉承天意有天神為助之兵。【類經】效法遵循。【惻慎】謹慎。【周進】循序漸進。【間人】在內部刺探消息的人。【妻婦】妻子。【行嫁】出嫁；改嫁。【拘止】管束。【棗鐵】用棗子和米飯做成的食物。【罰謫】懲罰。【勞意】費心。【比廬】鄰居。【神宅】指精神依附或聚留之處。【幽室】石室，山洞。【年日】指壽命。【俗人】佛教、道教指未出家的世俗之人，與出家人相對。【貞人】守志不移的人。【積習】熟習，慣習。【常法】通例；通常的原則。【上頭】上位；開頭；第一。【作為】所作所為；行為。【樂遊】歡樂地遊逛。【生時】活著的時候；生前。【響應】應驗。【專信】偏信。【調暢】使調和舒暢；調理使暢通。【門戶】比喻出入口或必經之地。【退歸】辭官歸田；引退。【分土】劃分的疆土。【騎行】騎馬行進。【發揚】流行、散播。【不祥】不吉利的事物。【亂敗】混亂。【頭頂】頭的最上部。【吉昌】指康健無恙。【不及】不知道；不知之事；無知、愚蠢。【自厚】自重。【大部】指整體中的大部分。【得知】獲知，知曉。【情願】志願，願望。【威畏】以威勢使之畏服。【開通】不守舊；不拘謹固執。【煩亂】心情煩悶，思緒混亂。【恍若】好像，仿佛。【仙人】神話傳說中長生不老、有種種神通的人。【除去】去掉。【算計】考慮；打算。【一時】即時，立刻。【形象】形狀；樣子。【統體】體統。【端心】猶專心。【愁困】憂愁困苦。【道術】道教的法術；方術。【歌誦】吟誦，歌唱。【暢達】指語言、文章、交通等流暢通達。【起行】行走。【書記】記載，書寫。【偏言】猶片言。【飛行】指人或禽類、飛行器等在空中運動。【餘人】其餘的人，他人。【異聞】新的知識；不同的見聞。【害心】害人害物之心。【包容】容納。【禁法】猶禁令，禁條。【蚊蚋】蚊子。【一通】全部，通通。【胸臆】內心。【喜歡】愉快；高興。【平素】指往常的情況。【堅心】猶一心。【浮沉】忽上忽下。【星宿】指列星。【就職】任職；從事工作。【憂心】心裏擔憂。【遲鈍】思想、感官、行動等反應慢，不靈敏。【布置】分佈安置。【續命】延長壽命。【明徹】清楚；明晰。【俗世】人世間，塵世間。【邀取】求取；尋找。【人世】人間，人類社會。【邪氣】妖氣。【調御】調教馴服。【儒雅】風度溫文爾雅。【嫌疑】懷疑；猜疑。【時暮】日暮。【承奉】承命奉行。【佐職】輔佐。【八遠】八方。【中夭】夭折。【索生】求生。【對首】當面。【從願】如

願。【巖牙】縫隙、裂縫。【倬然】高峻的樣子。【未來】謂尚未發生。【如願】符合願望；達到願望。【會見】相見。【效用】功效；作用。【單微】指寒微。【消息】斟酌。【中邪】為邪氣所侵襲。【功行】功績和德行。【哺乳】養育；餵養。【可惜】值得惋惜。【當直】直同值，值班。【大致】大略的內容或情況。【盈餘】有餘；多餘。【合成】由幾個部分合併成一個整體。【高功】政績優異。【治服】制服。【螻蟻】比喻力量微弱或地位低微、無足輕重的人。【深重】指罪孽、災難、苦悶等程度深。【脫誤】疏忽失誤。【汙濁】混濁；骯髒。【癡迷】沉迷不悟。【上報】向上級彙報。【深幽】偏遠；僻靜。【療治】醫治，治療。【榮寵】指君王的恩寵。【昏憒】愚昧；糊塗。【學門】學校之門。【究竟】結束；完畢。【劫盜】指從事搶劫活動。【作惡】作亂；為非作歹。【主賓】正賓。【希望】盼著出現某種情況或達到某種目的。【將護】衛護。【白事】稟告公務；陳說事情。【苦勞】勞苦；苦心勞形。【家道】家業；家境。【天官】泛指天上仙神居官者。【傳示】留傳示知；傳達告知。【部分】部署，安排。【純質】單純質樸。【閔傷】哀憐傷悼。【自命】自許；自己認為。【貞良】指忠良的人。【自期】自訂期限。【收攝】收捕。【相關】彼此關連；互相牽涉。【愚迷】愚昧而執迷不悟。【常時】平時。【輕賤】輕視。【頃時】片刻，一會兒。【不潔】不乾淨，不清潔。【救護】救助保護。【臨到】到時；將到。【由來】來由；原因。【蠕動】昆蟲爬行。【水流】江河的統稱。【事象】事物的形象。【大病】重病。【賢善】賢明善良。【事職】職務；職責。【通氣】呼吸空氣。【讖語】讖言，預言吉凶的話。【分解】分析，解釋。【分明】明亮。【求道】追求得道。【惡性】性情兇惡；兇惡的性情。【明知】明明知道。【書辭】文辭。【自名】自稱；自命。【遊冶】出遊尋樂。【目前】眼睛面前；跟前。【違離】背離。【心痛】愛惜；憐惜；極其傷心。【仙方】舊時幻想成仙所服食的丹藥。【子民】人民、百姓；治下的百姓。【共有】共同具有。【多少】幾何，若干。【響應】反應。【念思】考慮。【良善】善良。【愛育】愛護養育。【開說】闡發解說。【陰氣】舊指所謂女人之氣。【巨細】大小。【陰陽】男女。【久久】長時間。【寄生】猶托生。【閉絕】猶杜絕。【廢置】猶廢棄【神道】神祇；神靈。【下愚】謙詞。用作自稱。【小小】少量，稍稍；短暫。【功力】作事所費的時間和力量。【閉藏】藏伏，隱匿。【繫屬】聯綴；聯繫。【勇力】有勇氣的人。【動舉】舉止動作。【歸向】歸依，趨附。【周遍】周全，全面。【解說】解釋說明。【毒氣】災氣。【眩亂】

迷惑；昏亂。【紛紛】眾多貌。【放縱】指縱容。【妄圖】非分的想法或者打算。

【愚昧】愚蠢不明事理。【蒙蔽】昏庸不明；愚昧無知。【輕易】輕率，隨便。

【書文】文書、書籍。【灰土】塵土。【分處】分別居住。【雀鼠】麻雀和老鼠。

【自達】表達自己的意思。【比比】連續，接連。【武氣】威武的神氣。【至要】緊要；極其重要。【劣下】低能；低下。【咎責】罪責；罪過。【陶瓦】燒製屋瓦。【恆常】常常；經常。【蠱蟲】傳說一種人工培育的毒蟲。【動土】刨地。

【會見】跟別人相見。【懸繫】懸掛繫結。【交合】交配；性交。【驅使】差遣；役使。【尺寸】指高低、長短、大小等。【血脈】猶血統。【坐罪】治罪；獲罪。

【邪神】邪惡之神。【救全】給予救助使得到安全。【丘陵】坟墓。【疾苦】因病引起痛苦；患病的痛苦。【凡人】人世間的人。【天人】仙人；神人。【道行】僧道修行的功夫。【窮竟】窮盡。【賢德】有美德的人。【當前】眼前；現在。

【眩瞀】昏憒；迷亂。【道經】道家或道教的經典。【不解】不懂，不理解。【萬萬】指極大的數目。【日時】日期與時辰。【牝牡】男性和女性。【大眾】眾多。

【昇天】道教謂修道仙去。【天曹】道家所稱天上的官署。【為作】猶作為；行為。【逃亡】隱匿。【合同】會集。【負】角；角落。【積】非常。【天上】天堂；天界。【案行】遵行。【野處】曠野，空曠地。【下田】低窪地。【罪責】責備。

【好善】美好。【長游】長久地優游。【病苦】憂患。【大優】優秀。【案視】查閱。【記書】記錄。【專長】擅長。【志念】打算。【興生】生長。【怨仇】怨恨。

【舉措】選拔舉薦。【語辭】言語。

參考文獻

一、古　籍

（一）佛典文獻

1. 《道行般若經》，東漢支婁迦讖譯，《大正新修大藏經》第 8 卷。

2. 《阿閦佛國經》，東漢支婁迦讖譯，《大正新修大藏經》第 11 卷。

3. 《般舟三昧經》，東漢支婁迦讖譯，《大正新修大藏經》第 13 卷。

4. 《文殊師利問菩薩署經》，東漢支婁迦讖譯，《大正新修大藏經》第 14 卷。

5. 《阿闍世王經》，東漢支婁迦讖譯，《大正新修大藏經》第 15 卷。

6. 《法鏡經》，東漢安玄共嚴佛調譯，《大正新修大藏經》第 12 卷。

7. 《修行本起經》，東漢竺大力共康孟詳譯，《大正新修大藏經》第 3 卷。

8. 《中本起經》，東漢曇果共康孟詳譯，《大正新修大藏經》第 4 卷。

9. 《撰集百緣經》，三國吳支謙譯，《大正新修大藏經》第 4 卷。

10. 《六度集經》，三國吳康僧會譯，《大正新修大藏經》第 3 卷。

11. 《中阿含經》，前秦曇摩難提譯，《大正新修大藏經》第 1 卷。

12. 《四分律》，後秦佛陀耶舍共竺佛念等譯，《大正新修大藏經》第 22 卷。

13. 《長阿含經》，後秦佛陀耶舍共竺佛念譯，《大正新修大藏經》第 1 卷。

14. 《十誦律》，後秦鳩摩羅什共羅什譯，《大正新修大藏經》第 23 卷。

15. 《生經》，西晉竺法護譯，《大正新修大藏經》第 3 卷。

16. 《佛說阿惟越致遮經》，西晉竺法護譯，《大正新修大藏經》第 9 卷。

17. 《大方等大集經》，西晉竺法護譯，《大正新修大藏經》第 13 卷。

18. 《修行道地經》，西晉竺法護譯，《大正新修大藏經》第 15 卷。

19. 《佛說文殊師利現寶藏經》，西晉竺法護譯，《大正新修大藏經》第 14 卷。

20. 《法句譬喻經》，西晉法炬共法立譯，《大正新修大藏經》第 4 卷。

21. 《增壹阿含經》，東晉瞿曇僧伽提婆譯，《大正新修大藏經》第 1 卷。

22. 《大般涅槃經》，東晉法顯譯，《大正新修大藏經》第 12 卷。

23. 《佛說灌頂經》，東晉帛尸梨蜜多羅譯，《大正新修大藏經》第 21 卷。

24. 《賢愚經》，元魏慧覺等譯，《大正新修大藏經》第 4 卷。

25. 《佛本行集經》，隋闍那崛多等譯，《大正新修大藏經》第 3 卷。

26. 《起世因本經》，隋達摩笈多譯，《大正新修大藏經》第 1 卷。

27. 《大法炬陀羅尼經》，隋闍那崛多等譯，《大正新修大藏經》第 21 卷。

28. 《止觀輔行傳弘決》，唐湛然撰，《大正新修大藏經》第 46 卷。

29. 《方廣大莊嚴經》，唐地婆訶羅譯，《大正新修大藏經》第 3 卷。

30. 《大寶積經》，唐玄奘、菩提流志譯，《大正新修大藏經》第 11 卷。

31. 《陀羅尼集經》，唐阿地瞿多譯，《大正新修大藏經》第 18 卷。

32. 《金剛薩埵說頻那夜迦天成就儀軌經》，宋法賢譯，《大正新修大藏經》第 21 卷。

（二）中土文獻

1. 《周易》，魏王弼、韓康伯注，唐孔穎達等正義，十三經注疏本，中華書局，1980 年。

2. 《尚書》，舊題漢孔安國傳，唐孔穎達正義，十三經注疏本，中華書局，1980 年。

3. 《詩經》，漢毛亨傳，漢鄭玄箋，唐孔穎達正義，十三經注疏本，中華書局，1980 年。

4. 《周禮》，漢鄭玄注，唐賈公彥疏，十三經注疏本，中華書局，1980 年。

5. 《儀禮》，漢鄭玄注，唐賈公彥疏，十三經注疏本，中華書局，1980 年。

6. 《禮記》，鄭玄注，唐孔穎達正義，十三經注疏本，中華書局，1980 年。

7. 《春秋左傳》，晉杜預集解，唐孔穎達正義，十三經注疏本，中華書局，1980 年。

8. 《春秋公羊傳》，漢何休解詁，唐徐彥疏，十三經注疏本，中華書局，1980 年。

9. 《春秋穀梁傳》，晉范甯集解，唐楊士勳疏，十三經注疏本，中華書局，1980 年。

10. 《論語》，魏何晏集解，宋邢昺疏，十三經注疏本，中華書局，1980 年。

11. 《爾雅》，晉郭璞注，宋邢昺疏，十三經注疏本，中華書局，1980 年。

12. 《孟子》，漢趙岐注，舊題宋孫奭疏，十三經注疏本，中華書局，1980 年。

13. 《國語》，三國韋昭注，上海古籍出版社，1982 年。

14. 《戰國策》，漢劉向輯錄，漢高誘注，上海古籍出版社，1985 年。

15. 《老子校釋》，朱謙之校釋，中華書局，1984 年。

16. 《莊子》，晉郭象注、清王先謙集解，諸子集成本，上海書店出版社，1986 年。

17. 《韓非子集解》，清王先慎集解，諸子集成本，上海書店出版社，1986 年。

18. 《荀子集解》，清王先謙集解，諸子集成本，上海書店出版社，1986 年。

19. 《墨子閒詁》，清孫詒讓閒詁，諸子集成本，上海書店出版社，1986 年。

20. 《管子校正》，清戴望校正，諸子集成本，上海書店出版社，1986 年。

21. 《呂氏春秋》，漢高誘注，諸子集成本，上海書店出版社，1986 年。

22. 《商君書》，清嚴可均校，諸子集成本，上海書店出版社，1986 年。

23. 《文子》，錢熙祚校，諸子集成本，上海書店出版社，1986 年。

24. 《春秋繁露》，漢董仲舒撰，中華書局，1975 年。

25. 《焦氏易林》，漢焦贛撰，河北人民出版社，1989 年。

26. 《論衡校釋》，黃暉校釋，北京：中華書局，1990 年。

27. 《潛夫論箋》，漢王符撰，清王繼培箋，彭鐸校正，中華書局，1985 年。

28. 《風俗通校注》，王利器校注，中華書局，1981 年。

29. 《〈觀世音應驗記三種〉譯註》，董志翹譯註，江蘇古籍出版社，2002 年。

30. 《列子》，晉張湛注，諸子集成本，上海書店出版社，1986 年。

31. 《搜神記》，晉干寶撰，中華書局，1980 年。

32. 《抱朴子》，晉葛洪撰，諸子集成本，上海書店出版社，1986 年。

33. 《史記》，漢司馬遷撰，劉宋裴駰集解，唐張守節正義，中華書局，1959 年。

34. 《漢書》，漢班固撰，唐顏師古注，中華書局，1962 年。

35. 《三國志》，晉陳壽撰，中華書局，1982 年。

36. 《後漢書》，劉宋范曄撰，中華書局，1965 年。

37. 《宋書》，梁沈約撰，中華書局，1974 年。

38. 《南齊書》，梁蕭子顯撰，中華書局，1972 年。

39. 《梁書》，唐姚思廉撰，中華書局，1973 年。

40. 《陳書》，唐姚思廉撰，中華書局，1972 年。

41. 《魏書》，北齊魏收撰，中華書局，1974 年。

42. 《北齊書》，唐李百藥撰，中華書局，1972 年。

43. 《周書》，唐令狐德棻撰，中華書局，1971 年。

44. 《南史》，唐李延壽撰，中華書局，1975 年。

45. 《北史》，唐李延壽撰，中華書局，1974 年。

46. 《隋書》，唐魏徵撰，中華書局，1973 年。

47. 《舊唐書》，後晉劉昫撰，中華書局，1975 年。

48. 《新唐書》，宋歐陽修、宋祁撰，中華書局，1975 年。

49. 《舊五代史》，宋薛居正撰，中華書局，1976 年。

50.《新五代史》，宋歐陽修撰，宋徐無党注，中華書局，1974 年。

51.《宋史》，元脫脫等撰，中華書局，1977 年。

52.《遼史》，元脫脫等撰，中華書局，1974 年。

53.《金史》，元脫脫等撰，中華書局，1975 年。

54.《元史》，明宋濂等撰，中華書局，1976 年。

55.《明史》，清張廷玉等撰，中華書局，1974 年。

56.《清史稿》，趙爾巽、柯劭忞等編，中華書局，1976 年。

57.《世說新語箋疏》（修訂本），余嘉錫箋疏，上海古籍出版社，1993 年。

58.《全三國文》，嚴可均輯，馬志偉審訂，商務印書館，1999 年。

59.《文選》，梁蕭統編，唐李善注，中華書局，1977 年。

60.《玉臺新詠》，南朝陳徐陵，四部叢刊本，北京圖書館出版社，2004 年。

61.《齊民要術》（第二版），繆啟愉校釋，中國農業出版社，1998 年。

62.《水經注》，北魏酈道元撰，上海人民出版社，1984 年。

63.《洛陽伽藍記》，北魏楊衒之撰，中華書局，1963 年。

64.《顏氏家訓》，北齊顏之推撰，諸子集成本，上海書店出版社，1986 年。

65.《王梵志詩校注》，項楚校注，上海古籍出版社，1991 年。

66.《唐律疏議》，唐長孫無忌等撰，中華書局，1985 年。

67.《全唐詩》，清彭定求等編，中華書局，1960 年。

68.《法苑珠林》，唐釋道世撰，周叔迦、蘇晉仁校注，中華書局，2003 年。

69.《寒山詩注》，項楚注，中華書局，2000 年。

70.《敦煌變文校注》，黃征、張湧泉校注，中華書局，1997 年。

71.《祖堂集》，南唐靜、筠禪僧編，上海古籍出版社，1994 年。

72.《太平廣記》，宋李昉等編，中華書局，1981 年。

73.《水滸傳》，施耐庵撰，上海古籍出版社，1988 年。

74.《醒世姻緣傳》，清西周生撰，齊魯書社，1994 年。

75.《紅樓夢》，清曹雪芹、高鶚撰，人民文學出版社，1996 年。

76.《儒林外史》，清吳敬梓撰，人民文學出版社，1977 年。

77.《拾遺記》，晉王嘉，中華書局，1981 年。

78.《老學庵筆記》，宋陸游撰；李劍雄、劉德權點校，中華書局，1979 年。

79.《雲笈七籤》，宋張君房編、李永晟點校，中華書局，2003 年。

80.《黃帝內經素問》，郭靄春校註，人民衛生出版社，1992 年。

81.《諸病源候論》，隋巢元方撰，丁光迪校註，人民衛生出版社，1991 年。

82.《婦人大全良方》，宋陳自明撰，王咪咪整理，人民衛生出版社，2006 年。

83.《小兒衛生總微論方》，黃蕭民重校，上海衛生出版社，1958 年。

84. 《肘後備急方》，晉葛洪撰，天津科學技術出版社，2000 年。

85. 《金匱要略》，漢張仲景撰，何任校註，人民衛生出版社，1991 年。

86. 《外臺秘要方》，唐王燾編撰、高文鑄校注，華夏出版社，1993 年。

87. 《備急千金要方》，唐孫思邈撰，人民衛生出版社，1992 年。

88. 《千金翼方》，孫思邈撰、朱邦賢、陳文國等校注，上海古籍出版社，1999 年。

89. 《淞隱漫錄》，清王韜著，人民文學出版社，1983 年。

90. 《芬陀利室詞話》，清蔣敦復著，《詞話叢編》（四），中華書局，1996 年。

91. 《酉陽雜俎》，唐段成式撰，方南生點校，中華書局，1981 年。

92. 《爾雅今注》，徐朝華注，南開大學出版社，1989 年。

93. 《說文解字》，漢許慎撰，清段玉裁注，上海古籍出版社，1981 年。

94. 《宋本玉篇》，梁顧野王撰，中國書店，1983 年。

95. 《宋本廣韻》，宋陳彭年等編，中國書店，1982 年。

96. 《集韻》，宋丁度等編，上海古籍出版社，1985 年。

97. 《一切經音義》，唐釋慧琳編，中華書局，1993 年。

98. 《字彙》，明梅膺祚撰，上海辭書出版社，1991 年。

99. 《字彙補》，清吳任臣撰，上海辭書出版社，1991 年。

100. 《廣雅疏證》，清王念孫撰，江蘇古籍出版社，2000 年。

二、今人著作

1. 蔡鏡浩《魏晉南北朝詞語例釋》，江蘇古籍出版社，1990 年。

2. 陳鼓應主編《道家文化研究》（第七輯），上海古籍出版社，1995 年。

3. 陳鼓應主編《道家文化研究》（第九輯），上海古籍出版社，1996 年。

4. 陳國符《道藏源流考》，中華書局，1963 年。

5. 陳曉強《敦煌契約文書語言研究》，人民出版社，2012 年。

6. 陳秀蘭《敦煌俗文學語彙溯源》，嶽麓書社，2001 年。

7. 陳秀蘭《敦煌變文詞彙研究》，四川民族出版社，2002 年。

8. 陳攖寧《道教與養生》，華文出版社，2000 年。

9. 程湘清《漢語史專書複音詞研究》，商務印書館，2003 年。

10. 慈莊等編《佛光大辭典》，書目文獻出版社，1989 年。

11. 《道藏》，文物出版社、上海書店、天津古籍出版社影印本，1988 年。

12. 丁福保編《佛學大辭典》，上海書店出版社，1991 年。

13. 董秀芳《詞彙化：漢語雙音詞的衍生和發展》，四川民族出版社，2002 年。

14. 董志翹、蔡鏡浩《中古虛詞語法例釋》，吉林教育出版社，1994 年。

15. 董志翹《入唐求法巡禮行記詞彙研究》，中國社會科學出版社，2000 年。

16. 董志翹《中古文獻語言論集》，巴蜀書社，2000 年。

17. 董志翹《中古近代漢語探微》，中華書局，2007 年。

18. 凍國棟《中國中古經濟與社會史論稿》，湖北教育出版社，2005 年。

19. 方一新《東漢魏晉南北朝史書詞語箋釋》，黃山書社，1997 年。

20. 方一新、王雲路《中古漢語讀本》（修訂本），上海教育出版社，2006 年。

21. 方一新、王雲路《中古漢語語詞例釋》，吉林教育出版社，1992 年。

22. 福井康順《道教の基礎的研究》，理想社（東京），1952 年。

23. 福井康順等監修，朱越利、徐遠和等譯《道教》（第二卷），上海古籍出版社，1992 年。

24. 傅勤家《中國道教史》，團結出版社，2005 年。

25. 高明《中古史書詞彙論稿》，天津古籍出版社，2008 年。

26. 萬佳才《東漢副詞系統研究》，嶽麓書社，2005 年。

27. 葛兆光《道教與中國文化》，上海人民出版社，1987 年。

28. 葛兆光《屈服史及其他：六朝隋唐道教的思想史研究》，生活·讀書·新知三聯書店，2003 年。

29. 葛兆光《中國宗教與文學論集》，清華大學出版社，1998 年。

30. 顧頡剛《漢代學術史略》，東方出版中心，2005 年。

31. 郭錫良主編《古漢語語法論集》，語文出版社，1998 年。

32. 郭在貽《郭在貽語言文學論稿》，浙江古籍出版社，1992 年。

33. 郭在貽《訓詁學》（修訂本），中華書局，2005 年。

34. 漢語大字典編輯委員會《漢語大字典》（縮印本），湖北辭書出版社、四川辭書出版社，1992 年。

35. 郝春文主編《敦煌文獻論集》，遼寧人民出版社，2001 年。

36. 胡敕瑞《論衡與東漢佛典詞語比較研究》，巴蜀書社，2002 年。

37. 胡孚琛主編《中華道教大辭典》，中國社會科學出版社，1995 年。

38. 華學誠《揚雄方言校釋匯證》，中華書局，2006 年。

39. 化振紅《洛陽伽藍記詞彙研究》，中國文史出版社，2002 年。

40. 黃征《敦煌語言文字學研究》，甘肅教育出版社，2002 年。

41. 江藍生《魏晉南北朝小說詞語彙釋》，語文出版社，1988 年。

42. 姜守誠《〈太平經〉研究——以生命為中心的綜合考察》，社會科學文獻出版社，2007 年。

43. 蔣冀騁《近代漢語詞彙研究》，湖南教育出版社，1991 年。

44. 蔣禮鴻《敦煌變文字義通釋》新三版（增補定本），上海古籍出版社，1997 年。

45. 蔣紹愚《古漢語詞彙綱要》，北京大學出版社，1989 年。

46. 蔣紹愚《近代漢語研究概況》，北京大學出版社，1994 年。

47. 金春峰《漢代思想史》，中國社會科學出版社，1997 年。

48. 李申《道教本論》，上海文化出版社，2001 年。

49. 李養正《道教與中國社會》，中國華僑出版公司，1989 年。

50. 李養正原著，張繼禹編訂《道教經史論稿》，華夏出版社，1995 年。

51. 梁曉虹《佛教詞語的構造與漢語詞彙的發展》，北京語言學院出版社，1994 年。

52. 梁曉虹《佛教與漢語詞彙》，佛光文化實業有限公司，2001 年。

53. 梁曉虹《佛教與漢語史研究——以日本資料為中心》，上海古籍出版社，2008 年。

54. 劉師培《劉師培全集》，中共中央黨校出版社，1997 年。

55. 劉昭瑞《考古發現與早期道教研究》，文物出版社，2007 年。

56. 劉祖國《魏晉南北朝道教文獻詞彙研究》，山東大學出版社，2018 年。

57. 龍晦、徐湘靈、王春淑、廖平主編《太平經全譯》，貴州人民出版社，1999 年。

58. 盧國龍《道教知識百問》，今日中國出版社，1989 年。

59. 羅熾、劉澤亮、康志傑、陳會林主編《太平經注譯》，西南師範大學出版社，1996 年。

60. 羅傑瑞（Jerry Norman）《漢語概說》，語文出版社，1990 年。

61. 羅竹風主編《漢語大詞典》，上海辭書出版社、漢語大詞典出版社，1993 年。

62. 呂澂《新編漢文大藏經目錄》，齊魯書社，1979 年。

63. 南開大學中文系編《語言研究論叢》第七輯，語文出版社，1997 年。

64. 卿希泰主編《中國道教》，東方出版中心，1994 年。

65. 卿希泰、唐大潮著《道教史》，江蘇人民出版社，2006 年。

66. 卿希泰、王志忠、唐大潮《道教常識答問》，江蘇古籍出版社，1996 年。

67. 饒宗頤《老子想爾注校證》，上海古籍出版社，1991 年。

68. 任繼愈主編《佛教大辭典》，江蘇古籍出版社，2002 年。

69. 任繼愈主編《中國道教史》，中國社會科學出版社，2001 年。

70. （日）太田辰夫著，蔣紹愚、徐昌華譯《中國語歷史文法》（修訂譯本），北京大學出版社，2003 年。

71. （日）太田辰夫著，江藍生、白維國譯《漢語史通考》，重慶出版社，1991 年。

72. 沈曾植撰、錢仲聯輯《海日樓札叢（外一種）》，中華書局，1962 年。

73. 蘇寶榮《詞義研究與辭書釋義》，商務印書館，2000 年。

74. 譚汝為主編《民俗文化語彙通論》，天津古籍出版社，2004 年。

75. 湯其領《漢魏兩晉南北朝道教史研究》，河南大學出版社，1994 年。

76. 湯用彤《湯用彤論著之三——湯用彤學術論文集》，中華書局，1983 年。

77. 万久富《〈宋書〉複音詞研究》，鳳凰出版社，2006 年。

78. 魏德勝《睡虎地秦墓竹簡語法研究》，首都師範大學出版社，2000 年。

79. 吳金華《世說新語考釋》，安徽教育出版社，1994 年。

80. 汪繼培撰、彭鐸點校《潛夫論箋校正》中華書局，1985 年。

81. 汪維輝《東漢—隋常用詞演變研究》，南京大學出版社，2000 年。

82. 汪維輝《漢語詞彙史新探》，上海人民出版社，2007 年。

83. 王海棻《古漢語時間範疇詞典》，安徽教育出版社，2004 年。

84. 王卡主編《道教三百題》，上海古籍出版社，2000 年。

85. 王力《龍蟲並雕齋文集》，中華書局，1980 年。

86. 王力《漢語史稿》，中華書局，1980 年。

87. 王明《道家和道教思想研究》，中國社會科學出版社，1984 年。

88. 王明《〈太平經〉合校》，中華書局，1960 年。

89. 王明《抱朴子內篇校釋（增訂本)》，中華書局，1985 年。

90. 王啓濤《吐魯番出土文書詞語考釋》，巴蜀書社，2005 年。

91. 王紹峰《初唐佛典詞彙研究》，安徽教育出版社，2004 年。

92. 王鍈《詩詞曲語詞例釋》（第二次增訂本），中華書局，2005 年。

93. 王雲路《詞彙訓詁論稿》，北京語言文化大學出版社，2002 年。

94. 魏德勝《睡虎地秦墓竹簡語法研究》，首都師範大學出版社，2000 年。

95. 《文史知識》編輯部編《道教與傳統文化》，中華書局，1992 年。

96. 吳金華《世說新語考釋》，安徽教育出版社，1994 年。

97. 吳金華《三國志叢考》，上海古籍出版社，2000 年。

98. 伍宗文《先秦漢語複音詞研究》，巴蜀書社，2001 年。

99. 向熹《簡明漢語史》，高等教育出版社，1998 年。

100. 蕭登福《道家道教與中土佛教初期經義發展》，上海古籍出版社，2003 年。

101. 蕭登福《六朝道教上清派研究》，臺北文津出版社，2005 年。

102. 徐復《後讀書雜志》，上海古籍出版社，1996 年。

103. 徐時儀《古白話詞彙研究論稿》，上海教育出版社，2000 年。

104. 徐時儀、陳五雲、梁曉虹編《佛經音義研究：首屆佛經音義研究國際學術研討會論文集》，上海古籍出版社，2006 年。

105. 徐時儀《漢語白話發展史》，北京大學出版社，2007 年。

106. 許威漢《漢語詞彙學引論》，商務印書館，1992 年。

107. 顏洽茂《佛教語言闡釋——中古佛教詞語研究》，杭州大學出版社，1997 年。

108. 楊伯峻、何樂士《古漢語語法及其發展》，語文出版社，2001 年。

109. 楊寄林《〈太平經〉今注今譯》，河北人民出版社，2002 年。

110. 楊寄林《中華道學通典·〈太平經〉釋讀》，南海出版公司，1994 年。

111. 楊琳《訓詁方法新探》，商務印書館，2011 年。

112. 葉貴良《敦煌道經寫本與詞彙研究》，巴蜀書社，2007 年。

113. 俞理明編著《佛經文獻語言》，巴蜀書社，1993 年。

114. 俞理明《〈太平經〉正讀》，巴蜀書社，2001 年。

115. 俞理明、顧滿林《東漢佛道文獻詞彙新質研究》，商務印書館，2013 年。

116. 曾昭聰《古漢語神祇類同義詞研究》，中國文史出版社，2005 年。

117. 詹鄞鑫《神靈與祭祀——中國傳統宗教綜論》，江蘇古籍出版社，1992 年。

118. 張能甫《鄭玄注釋語言詞彙研究》，巴蜀書社，2000 年。

119. 張雙棣《呂氏春秋詞匯研究》，山東教育出版社，1989 年。

120. 張顯成《先秦兩漢醫學用語研究》，巴蜀書社，2000 年。

121. 張相《詩詞曲語辭匯釋》，中華書局，2001 年。

122. 張詒三《詞語搭配變化研究——以隋前若干動詞與名詞的搭配變化為例》，齊魯書社，2005 年。

123. 張涌泉、王雲路、方一新主編《郭在貽文集》，中華書局，2002 年。

124. 張永言《語文學論集》（增補本），語文出版社，1999 年。

125. 張志哲主編《道教文化詞典》，江蘇古籍出版社，1994 年。

126. 趙克勤《古代漢語詞彙學》，商務印書館，1993 年。

127. 趙誠《古代文字音韻論文集》，中華書局，1991 年。

128. 浙江大學漢語史研究中心編《漢語史學報》第六輯，上海教育出版社，2006 年。

129. 中國道教協會、蘇州道教協會《道教大辭典》，華夏出版社，1994 年。

130. 中國佛教文化研究所《俗語佛源》，上海人民出版社，1993 年。

131. 鍾肇鵬《求是齋叢稿》，巴蜀書社，2001 年。

132. 周俊勳《魏晉南北朝志怪小說詞彙研究》，巴蜀書社，2006 年。

133. 周一良《魏晉南北朝史札記》，中華書局，1985 年。

134. 周作明、俞理明《東晉南北朝道經名物詞新質研究》，中國社會科學出版社，2015 年。

135. 朱廣祁《詩經雙音詞論稿》，河南人民出版社，1985 年。

136. 朱起鳳《辭通》，上海古籍出版社，1982 年。

137. 朱慶之《佛典與中古漢語詞彙研究》，臺北文津出版社，1992 年。

138. 朱慶之主編《中古漢語研究》（二），商務印書館，2005 年。

139. 朱越利、陳敏《道教學》，當代世界出版社，2000 年。

140. 朱越利《道教答問》，華文出版社，1989 年。

141. 朱越利《道經總論》，遼寧教育出版社，1991 年。

142. 朱越利《道藏分類解題》，華夏出版社，1996 年。

三、學位論文

1. 陳秀蘭《魏晉南北朝文與漢文佛典語言比較研究》，浙江大學 2003 年博士後出

站報告。

2. 馮利華《中古道書語言研究》，浙江大學 2003 年博士論文。

3. 黃建寧《〈太平經〉複音詞初探》，四川師範大學 1997 年碩士論文。

4. 胡曉華《郭璞註釋語言詞彙研究》，浙江大學 2005 年博士學位論文。

5. 劉曉然《雙音短語的詞彙化：以〈太平經〉為例》，四川大學 2007 年博士學位論文。

6. 劉志生《東漢碑刻複音詞研究》，華東師範大學 2005 年博士學位論文。

7. 林金強《〈太平經〉雙音詞研究》，華南師範大學 2003 年碩士學位論文。

8. 呂志峰《東漢石刻磚瓦等民俗性文字資料詞彙研究》，華東師範大學 2005 年博士論文。

9. 羅正孝《〈太平經〉生命觀之研究》，臺灣南華大學宗教學研究所碩士論文（民國 93 年）。

10. 史光輝《東漢佛經詞彙研究》，浙江大學 2001 年博士學位論文。

11. 王彤偉《〈史記〉同義常用詞先秦兩漢演變淺探》，陝西師範大學 2004 年碩士學位論文。

12. 王彤偉《〈三國志〉同義詞研究》，復旦大學 2007 年博士學位論文。

13. 楊會永《〈佛本行集經〉詞彙研究》，浙江大學 2005 年博士學位論文。

14. 葉貴良《敦煌道經詞彙研究》，浙江大學 2005 年博士學位論文。

15. 曾曉潔《隋以前漢譯佛經中的複音連詞研究》，湖南師範大學 2003 年碩士學位論文。

16. 周建姣《東漢磚文虛詞研究》，華東師範大學 2006 年博士學位論文。

17. 周理軍《東漢—隋幾組常用詞演變研究》，蘇州大學 2007 年碩士學位論文。

18. 周作明《東晉南朝道教上清派經典行為詞新質研究》，四川大學 2007 年博士學位論文。

四、期刊論文

1. Despeux, Catherine（戴思博）《道教中的女性（翻譯節本）》，Women in Taoism 收入 SCHIPPER, Kristofer M.（施舟人）（editor）. Handbook of the Taoist Canon. Chicago: University of Chicago Press.

2. （日）小柳司氣太《後漢書裏楷傳の太平青領書と太平經との關係》，載桑原博士還歷紀念論文集刊行會《桑原博士還歷紀念支那學論叢》，京都，弘文堂書局，1930 年。

3. 曹靜《〈太平經〉裏的三字連文》，《漢語史研究集刊》（第七輯），巴蜀書社，2005 年。

4. 陳秀蘭《魏晉南北朝文與漢文佛典的極度副詞研究》，《語言科學》，2004 年第 2 期。

5. 陳增岳《〈太平經〉拾遺》,《中國道教》,1994 年第 4 期。

6. 陳增岳《〈太平經〉合校補記》,《文獻》,1994 年第 4 期。

7. 陳治文《近指指示詞「這」的來源》,《中國語文》,1964 年第 6 期。

8. 大淵忍爾《太平經の來歷について》,《東洋學報》第 27 卷第 2 期,1940 年。

9. 大淵忍爾《太平經の思想について》,《東洋學報》第 28 卷第 4 期,1941 年。

10. 鄧明《古漢語詞義感染例析》,《語文研究》,1997 年第 1 期。

11. 董志翹《中土佛教文獻詞語零札》,《南京師大學報》,2004 年第 5 期。

12. 董志翹《中華版〈高僧傳〉校點商補》,《四川師大學報》,2005 年第 6 期。

13. 方一新《東漢六朝佛經詞語札記》,《語言研究》,2000 年第 2 期。

14. 方一新《東漢語料與詞彙史研究芻議》,《中國語文》,1996 年第 2 期。

15. 方一新《從〈漢語大詞典〉看大型歷史性語文詞典取證舉例方面的若干問題》,《漢語史研究集刊》第一輯(上),巴蜀書社,1998 年 7 月。

16. 高明《簡論〈太平經〉在中古漢語詞彙研究中的價值》,《古漢語研究》,2000 年第 1 期。

17. 葛佳才《東漢譯經中的雙音節時間副詞》,《西昌師範高專學報》,2000 年第 1 期。

18. 葛兆光《道教與唐代詩歌語言》,《清華大學學報》,1995 年第 4 期。

19. 葛兆光《「神授天書」與「不立文字」——佛教與道教的語言傳統及其對中國古典詩歌的影響》,《文學遺產》,1998 年第 1 期。

20. 葛兆光《關於道教研究的歷史和方法》,《中國典籍與文化》,2003 年第 1 期。

21. 郭錫良《1985 年的古漢語研究》,《中國語文天地》,1986 年第 3 期。

22. 郭錫良《先秦漢語構詞法的發展》,《第一屆國際先秦漢語語法研討會論文集》,嶽麓書社;又見《漢語史論集》,商務印書館,1997 年。

23. 郭在貽《俗語詞研究概述》,《語文導報》,1985 年第 9、10 期。

24. 郭在貽《世說新語詞語考釋》,《字詞天地》,1984 年第 4 輯。

25. 郭在貽《讀江藍生〈魏晉南北朝小說詞語匯釋〉》,《中國語文》,1989 年第 3 期。

26. 黃建寧《〈太平經〉中的同素異序詞》,《四川師範大學學報》,2001 年第 1 期。

27. 黃平之《〈太平經〉——東漢語言研究的重要典籍》,《文史雜誌》,2000 年第 3 期。

28. 黃征《漢語俗語詞研究的幾個理論問題》,《杭州大學學報》,1992 年第 2 期。

29. 黃征《徐復先生對漢語俗語詞研究的貢獻》,《文教資料》,1995 年第 6 期。

30. 江藍生《「影響」釋義》,《中國語文》,1985 年第 2 期。

31. 姜守誠《王明與〈太平經〉研究——紀念王明先生逝世十二週年》,《中國哲學史》,2004 年第 2 期。

32. 姜守誠《「洞極之經」反映王莽時代考》,《宗教學研究》,2005 年第 2 期。

33. 姜守誠《「命樹」考》,《哲學動態》,2007 年第 1 期。

34. 蔣紹愚《關於漢語詞彙系統及其發展變化的幾點想法》,《中國語文》,1989 年第

1 期。

35. 李養正《試論〈太平經〉的產生與演變》,《中國道教》,1983 年第 2 期。

36. 李養正《論道教與儒家的關係》,原載《世界宗教研究》,1992 年第 4 期。

37. 李養正《論道教與佛教的關係》,原載《中國社會科學》,1992 年第 3 期。

38. 李遠國《亦注亦論的一大碩果——讀〈太平經全譯〉有感》,《中華文化論壇》,2000 年第 3 期。

39. 連登崗《「錄籍」釋義辨誤》,《古漢語研究》,1999 年第 3 期。

40. 連登崗《釋〈太平經〉之「賢儒」、「善儒」、「乙密」》,《中國語文》,1998 年第 3 期。

41. 連登崗《〈太平經〉詞義辨析》,《甘肅高等師範專科學校學報》,2000 年第 1 期。

42. 連登崗《〈太平經〉語詞再釋》,《南通師範學院學報》,2004 年第 1 期。

43. 梁曉虹《論佛教詞語對漢語詞彙寶庫的擴充》,《杭州大學學報》,1994 年第 4 期。

44. 劉傳鴻《「毒」非後綴考辨》,《語言研究》,2014 年第 2 期。

45. 劉堅、曹廣順、吳福祥《論誘發漢語詞彙語法化的若干因素》,《中國語文》,1995 年第 3 期。

46. 劉曉然《〈太平經〉的詞彙研究》,《社會科學家》,2006 年第 1 期。

47. 劉蘊璇《日月異稱考釋》,《漢字文化》,2003 年第 4 期。

48. 劉增貴《天堂與地獄——漢代的泰山信仰》,臺北《大陸雜誌》,1997 年第 94 卷第 5 期,。

49. 盧烈紅《佛教文獻中「何」係疑問代詞的興替演變》,《語言學論叢》(第三十一輯),商務印書館,2005 年 8 月。

50. 馬蓮《20 世紀以來的兩漢詞彙研究綜述》,《南都學壇》,2005 年第 6 期。

51. 馬真《先秦複音詞初探》,《北京大學學報》,1980 年第 5 期。

52. 任繼愈《整理古籍也要走現代化的道路》,《古籍整理與研究》第 1 期,上海古籍出版社,1986 年。

53. 宋亞雲《東漢訓詁材料與漢語動結式研究》,《語言科學》,2007 年第 1 期。

54. 湯用彤《讀〈太平經〉書所見》,北京大學《國學季刊》第五卷第一號,1935 年 3 月。

55. 田啟濤《莫把「生口」當「牲口」》,《中國語文》,2016 年第 6 期。

56. 汪維輝《〈漢語大詞典〉一、二、三卷讀後》,《中國語文》,1991 年第 4 期。

57. 汪維輝《〈周氏冥通記〉詞彙研究》,《中古近代漢語研究》第一輯,上海教育出版社,2000 年 7 月。

58. 汪維輝《試論〈齊民要術〉的語料價值》,《古漢語研究》,2004 年第 4 期。

59. 汪維輝《〈說苑〉與西漢口語》,《漢語史研究集刊》(第十輯),巴蜀書社,2007 年 9 月。

60. 王家佑《古道經的新碩果——讀〈太平經全譯〉》,《天府新論》,2000 年第 4 期。

61. 王柯《〈太平經〉合校標點拾誤（一）》,《古籍整理研究學刊》, 2005 年第 3 期。

62. 王柯《〈太平經〉合校標點拾誤（三）》,《古籍整理研究學刊》, 2007 年第 4 期。

63. 王敏紅《〈太平經〉語詞補釋》,《紹興文理學院學報》, 2001 年第 4 期。

64. 王敏紅《〈太平經〉詞語拾零》,《語言研究》, 2002 年第 1 期。

65. 王敏紅《從〈太平經〉看三字連文》,《寧夏大學學報》, 2004 年第 1 期。

66. 王明《論太平經鈔甲部之偽》, 原載《國立中央研究院歷史語言研究所集刊》第十八本, 1947 年。

67. 王明《從墨子到〈太平經〉的思想演變》, 原載 1961 年 12 月 1 日《光明日報》。

68. 王明《論〈太平經〉的成書時代和作者》,《世界宗教研究》, 1982 年第 1 期。

69. 王彤偉《常用詞「疾」、「病」的歷時替代》,《北方論叢》, 2005 年第 2 期。

70. 王雲路《中古常用詞研究漫談》,《中古近代漢語研究》（第一輯）, 上海教育出版社, 2000 年。

71. 王雲路《〈太平經〉釋詞》,《古漢語研究》, 1995 年第 1 期。

72. 王雲路《百年中古漢語詞彙研究述略》,《浙江大學學報》, 2001 年第 4 期。

73. 王雲路《〈太平經〉語詞詮釋》,《語言研究》, 1995 年第 1 期。

74. 王雲路《中古語言研究與古籍校注》,《文史》第四十一輯, 1996 年。

75. 王雲路《從〈唐五代語言詞典〉看附加式構詞法在中近古漢語中的地位》,《古漢語研究》, 2001 年第 2 期。

76. 魏兆惠、華學誠《量詞「通」的歷史發展》,《漢語學報》, 2008 年第 1 期。

77. 吳金華《三國志語詞瑣記》,《中古近代漢語研究》（第一輯）, 上海教育出版社, 2000 年。

78. 吳曉露《從〈論語〉〈孟子〉看戰國時期的雙音詞》,《南京大學學報》, 1984 年第 2 期。

79. 武振玉《東漢譯經中所見的語法成分》,《吉林大學社會科學學報》, 1998 年第 3 期。

80. 夏雨晴《〈太平經〉中三音節同義並列複用現象》,《樂山師範學院學報》, 2003 年第 5 期。

81. 徐復《從語言上推測〈孔雀東南飛〉一詩的寫定年代》,《學術月刊》, 1958 年第 2 期。

82. 許理和《最早的佛經譯文中的東漢口語成分》, 蔣紹愚譯,《語言學論叢》（第十四輯）, 商務印書館, 1987 年。

83. 楊伯峻《從漢語史的角度來鑒定中國古籍寫作年代的一個實例——〈列子〉著述年代考》,《列子集釋·附錄三·辨偽文字輯略》, 中華書局, 1991 年。

84. 楊寄林《〈太平經〉合校識誤》,《語文研究》, 2003 年第 3 期。

85. 俞理明《漢魏六朝的疑問代詞「那」及其他》,《古漢語研究》, 1989 年第 3 期。

86. 俞理明《從〈太平經〉看道教稱謂對佛教稱謂的影響》,《四川大學學報》, 1994 年

第 2 期。

87. 俞理明《〈太平經〉文字校讀》,《古籍研究》,1996 年第 1 期。

88. 俞理明《道教典籍〈太平經〉中的漢代字例和字義》,《宗教學研究》,1997 年第 1 期。

89. 俞理明《〈太平經〉通用字求正》,《宗教學研究》,1998 年第 1 期。

90. 俞理明《〈太平經〉的語法分析和標點處理》,《古籍研究》,1998 年第 2 期。

91. 俞理明《〈太平經〉文字脫略現象淺析》,《古籍研究》,2000 年第 3 期。

92. 俞理明《太平文字勘定偶拾經》,《古籍整理研究學刊》,2000 年第 5 期。

93. 俞理明《〈太平經〉中的形近字正誤》,《宗教學研究》,1999 年第 4 期。

94. 俞理明《〈太平經〉的漢代熟語》,《西南民族學院學報》,2001 年第 7 期。

95. 俞理明《〈太平經〉中常用的應歎提頓語》,《漢語史研究集刊》(第五輯),巴蜀書社,2002 年 11 月。

96. 俞理明《〈太平經〉語言特點和標點處理》,《古典文獻與文化論叢》(第二輯),杭州大學出版社,1999 年 5 月。

97. 俞理明《〈太平經〉中非狀語地位的否定詞「不」和反復問句》,《中國語文》,2001 年第 5 期。

98. 俞理明《漢魏六朝佛道文獻詞彙新成分的描寫設想》,第四屆中古漢語國際學術研討會論文,南京大學、南京師範大學,2004 年 10 月。

99. 俞理明、周作明《論道教典籍語料在漢語詞彙歷史研究中的價值》,《綿陽師範學院學報》,2005 年第 4 期。

100. 張婷、曾昭聰、曹小雲《十年來道教典籍詞彙研究綜述》,《滁州學院學報》,2005 年第 4 期。

101. 張誼生《論與漢語副詞相關的虛化機制——兼論現代漢語副詞的分類、性質與範圍》,《中國語文》,2000 年第 1 期。

102. 張永言、汪維輝《關於漢語詞彙史研究的一點思考》,《中國語文》,1995 年第 6 期。

103. 趙振鐸《論先秦兩漢漢語》,《古漢語研究》,1994 年第 3 期。

104. 周生亞《〈世說新語〉中的複音詞問題》,《吉林大學社會科學學報》,1982 年第 2 期。

105. 周掌勝《同義複詞研究與大型辭典的編纂》,《中國語文》,2004 年第 2 期。

106. 周作明《東晉南朝上清經中的幾個道教用詞》,《漢語史研究集刊》(第六輯),巴蜀書社,2003 年 11 月。

107. 朱慶之《從魏晉佛典看中古「消息」詞義的演變》,《四川大學學報》,1989 年第 2 期。

108. 朱慶之《「影響」今義的來源》,《文史知識》,1992 年第 4 期。

109. 朱慶之《漢譯佛典語文中的原典影響初探》,《中國語文》,1993 年第 5 期。

後　記

　　本書初稿為我的同名博士論文，2009 年我從華東師範大學中文系博士畢業，來到山東大學文學院從事教學與研究工作。

　　博士論文的寫作，首先要感謝我的導師詹鄞鑫教授。先生是位儒雅的長者，學問精深，平易近人，溫和謙恭。每次去先生家請教問題，先生都非常熱情，不厭其煩地耐心講解。先生精通計算機技術，在學界堪稱翹楚，我們遇到技術問題都會向先生請教。論文定題之初，先生囑咐我利用他研製開發的灌神軟件做文本檢索數據庫，我大概花了半年時間進行摸索，可以說，這個數據庫在論文寫作過程中發揮了巨大作用，因此要向先生表示最誠摯的謝意。

　　2008 年，詹老師身體欠佳，我幾次去家中探望，只要一談起論文，先生就忘記了時間，只好由師母來提醒監督，但師母說完先生就又不記得了，先生對學術的熱情和執著讓人感動。師母始終竭盡全力支持先生的研究，付出了很多，負責老師的生活和日常瑣事，學生的一些事情有時也要麻煩師母，所以要感謝師母對老師和我們學生的照顧。論文完成以後，先生撥冗指正，給出了詳細的修改意見，論文的順利完成與恩師的指導幫助是分不開的。

　　我要感謝把我帶上學術之路的恩師華學誠教授。華老師是一位對學術始終保持着無限忠誠的學者，更是一位嚴師慈父般的朋友，在學業上他對我們高標準嚴要求，在生活上又像家長一樣關心我們。在華師大求學期間，華老師經常與我們一起聚餐暢談，這在老師中是比較少見的，也正因此，我們和老師有了

更多的交流機會。逢年過節大家都會聚在一起，所有門下弟子在老師的帶領下，組成了一個溫暖團結的大家庭。師母鄒老師工作繁忙，但對我們的關懷也是體貼入微，有時還親自下廚給我們打牙祭，並幫學生們提供就業實習機會。

在上海讀書六年，感謝李玲璞先生、徐莉莉教授給我們傳道授業。感謝吳金華先生、徐時儀先生、汪少華先生、董蓮池先生撥冗參加我的博士論文答辯會，各位先生所提的修改意見，本次出版已充分吸收並悉數改正。

論文寫作過程中，還得到了不少外校師長、學友們的幫助。首先要感謝四川大學俞理明教授，俞先生是《太平經》語言研究的權威。在第四屆中古漢語國際學術研討會上，先生對我的處女作《〈太平經〉研究述評》給予好評，這使我大受鼓舞，我也從此堅定了研究《太平經》語言的信念。博士論文定題後，俞老師更是慷慨惠賜其大作《〈太平經〉正讀》的電子文本，先生對後學的獎掖讓我非常感動，我要向先生表示深深的謝意！

同時，我也要感謝四川大學雷漢卿教授給我的幫助！感謝長沙理工大學馮利華博士、四川師大黃建寧博士惠贈其學位論文，使我得以參考。有幾篇南通大學連登崗教授的論文一直找不到，連老師親自把論文拍照傳給我，晚輩銘感不已。在俞理明教授的推薦下，我和先生的多位學生成了關係很好的朋友，與周作明兄、田啟濤兄、劉曉然兄、杜曉莉等學友的交流，使我受益匪淺。

論文的寫作過程是異常辛苦的，其中也遇到了不少困難和問題，但最後都順利解決了。感謝給過我諸多幫助的同學好友陳黎明、李義海、項念東、劉軍、鄧偉龍、汪超、耿振東、鄭積梅、樓蘭、孫欣等，還要感謝我的師兄柏亞東、路廣，師姐魏兆惠、王彩琴、謝榮娥、王智群等，他們都給了我不同形式的幫助與關心。

博士畢業後，一直在猶豫要不要把博士論文修訂出版，參加工作以來，課題研究和教學任務較為繁重，始終沒有抽出較為完整的時間對論文進行系統修改。今年元旦以來，受新冠肺炎疫情影響，禁足在家上網課，俗務悉去，反而提供了一個修改論文的好機會。近年來，道教文獻語言逐漸引起漢語史學界的重視，拙文時常被同行引用，這也是促使我出版此書的一種動力。

本次修訂出版，基本保留原文的框架和觀點，個別章節做了較大調整。第一章第一節「道教典籍語言研究現狀」，結合最新的研究動態，重新加以書寫。第四章「《太平經》中的道教語詞」，十年前認為是孤例的一些詞，近年來隨着

有關研究的深入，這次重新作了判定，增補用例和書證，有些詞條的釋義也充分吸收了最新的研究成果。原文第七章「《太平經》校注獻疑」，因已先後拆分為多篇論文發表，這次將其刪掉，避免重複。論文的修訂出版，特別感謝靖江蕭旭先生、唐山師範學院郭萬青教授牽線聯繫和大力推薦。感謝花木蘭文化出版社楊嘉樂先生幫忙解決出版過程中的各種細節問題。

拙著受山東大學青年學者未來計畫（2018WLJH18）資助，為國家社科基金項目「道經故訓材料的發掘與研究」（18BYY156）、山東大學人文社科青年團隊項目「宗教社會歷史文獻整理與研究」之「道教類書整理與研究」（IFYT18007）、山東大學文學院重大項目「新編《道教大詞典》及道教文獻語料資料庫建設」階段性成果，感謝山東大學文學院院長杜澤遜先生、山東大學歷史文化學院韓吉紹教授、山東大學《文史哲》編輯部孫齊兄的鼎力支持。

本書能順利出版，當然要感謝我的家人，感謝妻子照看女兒，岳父分擔家務，小女清揚乖巧可愛，讓我可以安心地修改書稿。

道教文獻語言研究正逐漸成為漢語史研究的一個新的學術生長點，《太平經》詞彙研究還有不少可以做的內容，拙作尚有不足，懇請諸位專家學者批評指正！

劉祖國

2020-6-16

山東濟南華潤依山郡